AF453274

Les folles entre prises

Qui en veult auoir se transporte
Sans deshonneur ⁊ sans diffame
Pres du bout du pont nostre dame
A lenseigne de mere sotte

INRI

Lacteur

Dis que phetõ les voyes lacteanes
Ou autremẽt dictes gallaceanes.
Voulut brusler sans le sceu de phebus
Et quespaignotz plains et combles dabus
Entreprindrent contre les fleursdelis
Et que sol print ses plaisirs et delitz.
Rettrograder par inconuenient.
Son bel escu par deuers orient:
Quon adoroit les metaulx comme dieulx
Quon desprisoit le cõseil des gens vieulx
Et quon comptoit les mises sans receptes
Que pour metaulx on quitoit les deceptes
Que enfans ieunes obtenoient prelatures
Quõ resserroit moynes en leurs clostures.
Que aucuns asnes estoiẽt hault prebendez
Et que bons clercs estoient vilipendez.
Ie mentremis de faire et composer:
Le traictie cy que lesse pour gloser
A tous liseurs/car sans difficulte
Ie nay degre en quelque faculte
Et touteffois pour lonneur de iustice:
Iay compose pose que soye nice
Dentreprendre cuure de si hault pris
Mais ainsy est que de ce soye repriz
Pas trop cource ne seray des reprises
Veu que ce sont les folles entreprises

OR est ainsi que en reposant de nuyt
Apres q̃ ie euz prins plaisir et deduit
Destudier en bibles et croniques.
Me fut aduis que enuiron la mynuit
Entrepreneurs faisoient tout tel bruit
Comme suisses en guerre portans picques
Lors aperceuz des serpens draconiques
Hurlans brayans timbans par vaine gloire
Leurs fiers regars cerberes plutoniques:
Impossible est rediger par ystoire.

¶ Leur prince estoit appelle lucifer:
Qui en orgueil se voulut eschauffer.
Entreprenant le presauoir diuin
Luy ses consors tumberẽt en enfer
Pource q̃ eurẽt les cueurs plus durs q̃ fer
Et couraige fier obstine malin
Ou endurent vne peine sans fin
En hurlemens cris tourmẽs merueilleux
Monstrant que dieu qui est doulx et benin
Veult rudement punir les orgueilleux.

¶ Lentreprise des folz orguilleux:

¶ Aux orgueilleux dieu resiste et combat:
Et leur orgueil souldainement rabbat
Quãt se dõnet lhonneur qua luy doit estre
Par orgueil fut le premier apostat
Hault esleue en sumptueux estat

Mais en fin fut deslogé de son estre
Folle entreprise le fist trop descognoistre.
Entreprenant diuine sapience
Que proffite il vouloir estre grant maistre
Par trop cuider qui rabesse science

❡ Quelz biens as tu aportez en ce monde?
Dautruy les prens Vella ou ie me fonde.
De dieu viennent non dautruy ne de toy
Si tu es beau et de belle faconde
Se sens raison engin en toy habonde
Ce vient de dieu tel le tient et le croy
Riches poures sont faiz tout dun alloy
Entrepreneurs dient par leur merite
Quilz ont des biens/mais a ce que ie voy:
Pour leur auoir la mort pas ne les quitte.

❡ Combien voit on dorguilleux esleuez:
Qui en la fin ne soient naurez greuez
Et trebuchez soubdain du hault en bas
En la bible plusieurs vous en trouuez
Quil soit ainsi la puissance prouuez
Que dauid eut en tua nt golias
Et que deuint lorgueil adonias
Comme aman fut en vng gibet pendu
Quãt en orgueil mõdains prénent soulas
En la parfin il leur est chier vendu.

❡ Les orgueilleux sont rẽplis de ventãce:
Et pertinax en leur fiere arrogance

Persumptueux plains de contencion
ypocrisie discorde outrecuidance
Elacion et inobedience
Se mettent sus auec deception
De leurs ames font la perdition
Car le dyable les adueugle et les lie:
Orgueil ne vient a mon opinion
Que des gens folz qui mõstrent leur follie

¶Quãt orgueilleux fõt folles ẽtreprises
Leurs arrogãces sõt tout souldain reprises
Par pharaon orgueil ont peult blasmer
Quant ilz voulut oster de leurs frãchises
Le peuple esleu par estranges diuises
Luy ses consors perirent en la mer
Et quant dauid fist son peuple estimer
Dieu se courca de lentreprise folle
Apres le doulx il fault gouster la mer
Folle entreprise en fin son maistre affolle

Ne fut pas mis nabugodonozor
Hors son siege non obstant son tresor
Et en beste mue sept ans entiers
Pareillement le puissant nycanor
Plus orgueilleux que vng lyon ou vng tor
Fut desconfit auec tous ses routiers
Et absalon auec ses soudoyers
Contre dauid soy monstrant orgueilleup.
De troys lances fut par ses familiers
Oultre perse pendu par les cheueulp

¶ Pheton voulut vnefoys entreprendre:
De chatier/phebus le fist descēdre
Parquoy au ciel nullement ne prospere
Et dedalus voullant son filz aprendre
Voller en laer son vol voulut hault prēdre
Trop plus beaucoup ꝗ nauoit fait son pe
En la mer cheut pour son grant impropere
Non obstant ce quil fust leger isnel
Cest a enfans vng tresgrant vitupere
De contemner leur pere paternel

¶ Rondeau.

¶ Princes qui guerre entreprenez
Les ystoires cy aprenez
Considerans que voz forfais
Chargent voz subgetz dun fort fais
Se en guerroyant leurs biens prenez.

¶ Affin que vous les soustenez:
En leur franchise et maintenez
Liberallement estes faitz.
          ¶ Princes.

¶ Entrepreneurs sont fortunez:
Quant ilz sont en mal obstinez
Vous en auez veu les effectz
Nobles en ont este defais
Et voz subgetz fort estonnez
          ¶ Princes.

¶ Valere dist aux histoires romaines:
Que les romains souloient dantiquite
Gaigner villes citez chasteaulx demaines
Non par force ne par iniquite:
Car les consulz par liberalite
Tiroient a eulx le peuple en mainte sorte.
Mais auiourdhuy regne crudelite
Largesse dort fidelite est morte
Parquoy force est que pourete se assorte
Auec subgectz qui ont leurs biens perdus:
Et tous estas demourent esperdus
tant ql fauldra q vng grat scadale en sorte

¶ Alexandre qui le monde conquist:
Est il pas mort ouy sans faulte nulle:
Emporta illes grans biens quil acquist
Nenny certes onc nen eut vng scrupule
Cest simplesse quant biens on accumule
En vng mouceau et ne seruent de rien
De paradis par ce point on teculle
En se liant dun infernal lien:
Suffit dauoir son pain quotidian
Du demourant espandre sa largesse.
Cest a princes damasser grant simplesse
Quant nemportent aucun bien terrien.

¶ Aucuns lieuent malletotes ou tailles

Epactions empruntz portz et peaiges
Presupposans que silz leur viēt batailles
Auront soudars ē leur dõnant bõs gaiges
Il est ainsi toutesfoys princes saiges
Doiuent penser que subgectz oppressez.
Sont mutilles ē differens passaiges
Plus que vendenge ē vng pressouer p̃ssez
℄ Tout leur vaillant ne souffit pas assez
Pour contenter ceulx qui font la cueillette
Car dun denier le prince a la maillette.
℄ Tant seullement se bien le compassez.

℄ Se de nembroth prenez loutrecuidance:
Qui redoubta le deuziesme deluge
Dieu abatra vostre force et puissance
Et ne saurez plus ou prendre reffuge.
Se vostre espetit vous admonneste ꝝ iuge
De trop aymer le tresor temporel
Prenez raison faictes en vostre iuge.
Vers voz hommes vous fera naturel
Ne edifiez la haulte tour babel
Pour assaillir le ciel a forte main:
Car vng prince qui se monstre inhumain
Ne peult monter au lieu celestiel.

℄ Lhomme mondain quāt il est a honneur
Le plus souuent son entendement pert
Il deuient fier cabasseur rapineur
A amasser les biens dautruy expert
Et qui soit vray notoirement appert

Pour leiourduy en facon euidente
Lamy charnel a grant peine est apert
Pour secourir son parent ou parente
Qui nemprunte ou par gaige ou par rente.
En vain parens sont priez et requis
Quant au regart dauoir amis acquis.
Muables sont comme le vent qui vente

¶ Lentreprinse des couuoyteux

Couuoitise nuyt aux princes en fin.
Septimulus nous en donne lexeplé
pareillement le couuoiteux iabin.
Mal luy en print qui ses gestes contemple
Quant herode print les vesseaulx du teple
Ses grans honneurs furent lors abatuz:
le couuoiteux se rompt frot ce rueau teple
Tachant casser et a bollir vertus.
Rememorez la largesse titus
De constantin la vertu aprenez
Et la pitie marcellinus prenez
Quant vous faictes voz nouueaux estatz

¶ Empereus roys ducz contes z marquis

Ladetz seigneurs vicontes mareschaulx.
Princes barons saichez quil est requis
Que supportez voz serfs et vos vassaulx
Si vous faictes les guerres et assaulx
Sur eulx tumbe la perte et le dommaige
Ilz nourrissent vos voz ges et cheuaulx

De leur mestier ou de leur labouraige
Vng iour ditez las pourquoy labourapie
A espandre sans cause sang humain
En malle heure prins le glaiue en ma mai
Pour commettre si grant Vice et oultraige

⸿Des gens nobles ⁊ des Villains

⸿En noblesse a des gentilz gentilz:
Villains gentilz et des gentilz Villains
Gentilz gentilz sont doulx recreatis.
De noblesse delos et dhonneurs plains.
Villains gentilz sont p champs ⁊ par plains
Prestz tous les iours faire touts de noblesse
En supportant les clameurs ⁊ les plains
Des poures gens Viuans en leur simplesse
Gentilz Villains font au peuple rudesse
Sans luy donner aise repos netresue
Veu que sōmes tous Venus dadā de eue
Esse bien fait: la gloze Vous en lesse.

⸿Remonstrances par lacteur.
⸿Seigneurs mondains a Vices adonnez
Determinez a faire enorme mal
Voz appetitz temperez reffrenez
Se retenez mes ditz et apprenez
En dotrinez serez en general
Qui nest loyal charitable feal
Fust il royal son fait ne prise Vng double
Quant mort assault le riche⁊ saige trouble

¶Vous vo° troublez en amassant richesse
Sans proesse voullez grans biés acquerre
Mais en la fin quesse de gentillesse.
Quant mort blesse les mõdains ꝛ les presse
Leur haultesse na que sept piez de terre
Qui biens serre trop ardamment il erre
Car requette on ne doit biens estranges:
Qui font perdre gloire des benoistz anges.

¶Aucũs veullent si treshault entreprédre
Que comprendre ne saroient leur follie
Trop hault mõte on voit souuét descédre
Parquoy prendre cõuient tigle ꝛ aprendre
Ou entendre quil fault que on se humilie.
Peche tye les folz ꝛ dieu alie
Et rallie ses seruiteurs notables
Vertu produit descouter bons notables

    Lentreprise des folz conquetans.

Il en ya qui par leurs fiers oultrages
Veullét auoir dautruy les heritages
Contre raison y vont a forte main
Plusieurs larcins secretz en tapinages
Fõt en villes chasteaulx/bourgs chãps vi[l]
Sãs turminer qlz nõt poit de demai(latges
Les poures gens meurét de soif de faim
Car les riches tachent a les deffaire
Et sont cõtens pour biés mõdains de faire
A leurs prochin qui est dit inhumain

¶A tuer gens ya plusieurs moyens
Les vngs meurent vielz caducz anciens
Quant nature de tous pointz leur deffault
Les aultres sont accusez pour leurs biens
Pose quilz nayent dit ou meffait en riens
Quelque enuieulx leur viēt liurer lassault
Par ce moyen sens vertu leur deffault
courroup sesmeut leur sãg se trouble2mesle
Atropos vient garny de pic ou pelle
Qui en terre les mest du premier sault

¶On voit aussi des langues serpentines
Decepuantes flateresses mutines
Par enuie sur autruy mal parlantes
Qui cõtrouuent p leurs fraudes vulpines
Inuentions pour donner disciplines
A personnes en vertu florissantes
Tant quilz en sont poures z languissātes
Et en meurent bien souuent auant aaige
Se enuyeulx ont sur autruy aduantaige
Ilz le naurent de parolles cuisantes

¶Aduertissement aux princes par lacteur

Princes oyez des saiges les raisons
Et des flateurs euitez les blazons:
Desprisez ceulx qui font folle entreprinse.
Souuienne vous des faulses traisons
Aspres boucons dangereuses poisons
Subiections ou noblesse cest mise

Voz ennemys sont tous plains de faintise:
Car a leure quilz vous ioignent les mains
Pensent faire lachetez et maulx maintz:
La recepte ne monte pas la mise

Il nest pas dit que couraiges gentilz
Qui ont espris promptz hardis et subtilz
Ne demonstrent leur vertu et puissance:
Mais quant ilsont volaiges trop hatifz
Entreprenans trop de fais excessifz
Dieu est cource de leur outrecuidance.
Paix a guerre sont tousiours en balance
Ilz senclinent tout ainsi quon les boute.
Guerrese meult et entreprent la ioupte
Mais le peuple la fournit de pitance.

Lentreprise de Napples

Ais q̃ me meult de mengrir des choses
Incognuees au cueur dauttruy ecloses
A Vostre aduis messieurs les lisans
Se ce nest ce que iay Veu puis douze ans
Que le seigneur a regne sur la terre
Lequel nuees et Vapeurs faisant guerre
Lenuironnoient et tenoient fermement
Correction dedens son parlement
Par le senat ou affluoit police
En son siege se reposoit iustice
Et par ce point maint peril euadoit
Feu deuant luy luysoit et procedoit
Comme a moyse la rouge mer passant
De couraige Vertueux et puissant
Ilz succumba ses mortelz ennemys
Par les engins subtilz des hommes mis
Comme canons bombardes serpentines
Hallebardes picques et iauelines
Les montaignes a les alpes fondoient
Comme cire quant la face Veoient
De ce seigneur ayant pouoir royal
Plus fort faisoit que ne fist hanibal
Qui les tailloit au cyseau car luy seul
Auoit en soy par le plaisir et Vueil
De iesucrist le pouoir de neuf preux
En soy monstrant hardy cheualeureux
Comme le roy des mouches a miel
Sans eguillon amertume ou fiel
Il sarresta par inspiree science
Sur le climat de la belle florence

Ou il ficha sa subſtance et sa seue
Par tel facon que en saiſon aſſez bře fue
Jl en tira foꝛce miel et cire
Oꝛ eſt ainſi que ce treſdoubte sire
Lentrepꝛiſe entrepꝛint merueillable
Nappolitaine qui eſtoit raiſonnable
Car par raiſon euidente souſtien
Que le pays au roy treſcreſtien
Vint succeda sans quelque difference
Apꝛes la moꝛt du conte de pꝛouuence
Roy de cecille pꝛeux et saige clame
Ung roy regnant par nom alphons nomme
Fut/regenta a napples longue eſpace
Saige pꝛudent et de grant efficace
Mais foꝛtune par vng coup de hazart
Le miſt a moꝛt/loꝛs nauoit que vng baſtard
Quil auoit fait adopter a plaiſir
Qui de napples loꝛs se voulut saiſir
Non obſtant ce que le roy de cecille
Fuſt heritier treſcapable et abille
Mais le bon roy hayant mondanite
Ne fiſt compte de ceſte dignite
Parquoy ferrand le baſtard deſſuſdict
Pꝛint cueur en soy de regner se enhardit
Dont les seigneurs eſtans du sang royal
Furent courcez et leur en faiſoit mal
Et tellement quil seſmuſt vne guerre
Pour regenter napolitaine terre
Ferrand baſtard ayant la foꝛtereſſe
Du chaſteau neuf fiſt venir la nobleſſe

Par deuers luy pour faire appointement
Mais lendemain en fist soubdainement
Decapiter au dessus des carneaulx
Vne partie par tirans et bourreaulx
Les auttres fist contre droit et raison
Emprisonner ou furent grant saison
Ainsi regna sans quelque different
Non obstant ce quil nous soit apparent
Quil nestoit pas de loyal mariage
Deulx enfans eut en marital lignage
Ce fut alphons et federic/lesquelz
Au temps present sont auec les mortelz
Cestuy alphons engendra vng enfant
Qui par son nom fut appelle ferrant
Lesquelz alphons et ferrand vsurperent
Le nom du roy et la place occuperent
Du preulx charles trescrestien roy
Qui pour ce cas y mena son arroy
Et vaillamment en print possession
Ainsi doncques a bonne intencion
Le roy loys que dieu vueille garder
A entrepris de vouloir posseder
Le royaulme qui luy appartenoit
Car par raison le droit tiltre en tenoit
Or est ainsi que par seruiteurs faulx
Se sont perdus batailles et assaulx
Par le moyen de la faulce auarice
Dont estoient plains/nous en auons notice
Car par compter moins recepte que mise

On a trouue que cest folle entreprise
Qui a present nous moleste & nous blesse
Et si ne vient du meffaict de noblesse

Lentreprise des tresoriers
& payeurs de gendarmes

Ar tresoriers ou payeurs de gendarmes
Se sont pduz maitz assaulx & alarmes
Et cueurs loyaulx detenus en ostage
Les plus hardiz ne pouoient estre fermes
Car a peine soustenoient leurs guysarmes
Par famine qui leur faisoit oultrages
Gens de finances acqueroient heritaiges

Sans souldoyer capitaines souldars
Par ce moyen guidons et estandars
Ont este pris dont est venu diffame
Quelcun en eust le reproche ↄ le blasme
Et ne scauoit leurs finesse ↄ faulx ars

Or regardez que de princes royaulx
Capitaynes / nobles / preux / et loyaulx
Par leurs faulx ars / ont este a mort mis
Gens liberaulx / ont este faiz vassaulx
Pays perduz / ↄ tout par leurs deffaulx
Trop tart furent despointez ↄ demys
A malle heure / ilz se sont enttremis
De manier ne mise ne recepte
Quant par eulx est faicte si grant decepte
Quil en sera / a tout iamais memoire
Auarice est / ennemye de victoire

O gens ingratz / qui en bien petit dans
Auez acquiz le renom de mordans
Grans et petis / auez tins aux abbops
Sil vous suruient / perilleux accidens
Comme destre en chartre residens
Vous vallez pis que loups estans aux boys
Pour vng denier en auez compte trois
Dont le prince a este trauaille
Et eust len mieulx quon na faict bataille
Se on eut paye / comme entendoit le prince
Qui neust le boys aboly retaille
Soubz son vmbre on eust aduitaille

Maintz coups peruets degaftant la prouince

Tant de Veufues/orphelins et pupiles
Nous auõs Veues par leurs euures subtiles
Et efforcer pucelles par les champs
Rompre chasteaulx/rafer murs et baftilles
Frãcoys nõ francs/mais captifz et feruiles
Par famine qui les rendoit meschans
Adnichiler discretz docteurs preschans
Cytoyens par emprũns moleftez
Piller/rober gens de meftier/marchans
Et ranconner les laboureux des champs
Gens deglife piteufement traictez

Chant royal

Onfidetez que guerre limmortele
Par son regard les fiers courages tête
Difcencion heritier de cautelle
Loge fureur en pauillon ou tente
Vengeance fort laquelle effaye ou tente
De fuccũber fes ennemys mortelz
Rememorant quen guerre font mors telz
Qui en france portent vng grant dommaige
Mefme perdu/or/argent/et alloy
Par deffaulte de croire en maint paffaige
Vng dieu/vng roy/vne foy/vne loy

Guerre trepigne/et Vacille et chancelle
Sans fin mengue/iamais ne fe contente

Aucunesfois machinacion cele
Lintencion qui deust estre patente
Simulateurs vont par oblique sente
Fraudulateurs pillent maisons hostelz
Biens prins/saisis / rauis/gastez/ ostez
Satalites font aux metaulx hommaige
Hayne sonne la campane ou beffroy
Force ne croit tant a cruel couraige
Ung dieu/vng roy/vne foy vne loy

Trayson batist inuencion nouuelle
Faignant destre moine/pensiue ꝛ lente
Du premier coup son penser ne reuele
Plus petit e est que ciron ou que lente
Mais faulcete es cueurs des seigneurs lente
Si tresauant quen fin en sont notez
Felonnie espand de tous costez
Glaiues trenchans ꝛ en faict labouraige
Que discort queult ꝛ attribue a soy
Sans redoubter recueillant cest ouuraige
Ung dieu/vng roy/vne foy/ vne loy

Fortune tient tous humains en tutelle
Les plus grans faict/seruit par folle attente
Vulcanus fond/mars sans cesser martelle
Et midas met leurs ouuraiges a vente
Clotho les prent lachesis les presente
A attropos/et sont reuisitez
Par preulx hardis en la guerre vsitez
Qui les liurent a gens de moyenne aage

Les desirans plus quamoureux le moy
Et ne craignent en soleil ou vmbraige
Vng dieu/vng roy/vne foy / vne loy

Quant neptunus met en mer sa nacelle
Que boreas de subit soufflet vente
Et que pluto les auttes dieux precelle
Guerre monstre/sa queue de serpente
Se palas nest pour lheure diligente
De resister a leurs ferocitez
Ilz font trembler/pallays royaulx/citez
En lair causent frimas/esclet/oraige
Lors les soubdars qui mainent leur arroy
Ne prisent riens tant sont remplis de raige
Vng dieu/vng roy/vne foy/vne loy

Prins ce/seigneurs ne soyez irritez
Se peine auez/car vous le meritez
Tous malfaicteurs se mettent en seruaige
Force leur est de receuoir chastoy
Quant sefforcent/despriser par oultrage
Vng dieu/vng roy/vne foy/vne loy

⬛Fin du chant royal

⬛Des quatre vertus principales que
les princes doiuent tousiours auoir en
eulx ꝗ se gouuernet par icelles.

Rices doiuêt auoir dedês leurs cueurs
Quatre Vertus appellees principalles
Et autrement ne sont point vrays seigneurs
Silz ne gardent leurs rigles generales
Prendre doiuent les Vertus cardinales
De leur conseil faisant leurs iugemens
Entremeslant Vertus theologales
Quant ilz baillent leurs loix par instrumēs
Des principales tiendrons noz parlemens
Car de tous poins aux princes appartiēnent
Principales sont dictes quant soustiennent
Princes en paix sans debatz natgumens

Des principales Vertus dame iusticé
Doit assister tousiours au pres du princé
Et corriger ceulx qui en la prouince
De iour en iour commettent quelque vice
Misericorde est en ce cas propice
Et verite iamais nen doit loings estre
Car autrement/paix ne peult apparoistre
Pres du prince/sans ces Vertus ne peult
Et qui les tient encloses en son estre
Enuers dieu faict partie de ce quil veult

De iustice

E iniustice ainsi quon peult entendre
No⁹ la voyõs de quoy ie mesmeruilie
La queue troussee le bouchon sur loreille
Cõe vng cheual qud maine au marche vẽdre
El est sour de /raison ne veult entendre
Dons/ promesses/ labillent en ce point
En ce faisant ilz ne ruminent point
Quen la fin fault/cõme on dit rẽdre ou pẽdre

De iustice

Justice est requis les yeulx bender
Lier les mains / pose quon la redoubte
Car en iugeant / elle ne doit veoir goutte
Ne prendre riens / dont el puisse amender
Equite doit peser et regarder
Le bien le mal et droit par sa clemence
Ou son arrest peult corriger sentence
Pour toute erreur chasser et euader
Le prince doit les iuges prebender
De bons gaiges affin quen visitant
Le droit dautruy se voisent acquitant
Sans regarder non plus le grãt que mẽdre
En leur baillant tel charge protestant
Que iugemens vrays / iustes doiuent rendre.

Aucuns ya qui en font leur deuoir
Et a chascun font iustice planiere
Mais moine en est que de groin de fougere

On lapercoit et congnoist on de voir
A grant peine on peult iustice auoir
Sans grant auoir/foeil euure/les mains tēs
En se seant en chaire/dons attens
Et ne dit mot/sel nest retribuee
Ses gouuerneurs causent cest accident
Quant aux prenans elle est attribuee

Il ne suffist a aucuns de leurs gaiges
Ne destre ditz seigneurs et officiers
Quant desbource ont infinis deniers
Pour estre mis au nõble des gens saiges
Eulx rembourser se veullent des coustaiges
Soit par amour/par debat ou castille
Lespee droicte font deuenir faucille
Et en frappent a tort et a trauers
Secretement par parolle subtile
En font voller des iugemens diuers

Le prince doit regarder quant il baille
Ses offices que ce soient gens discretz
Qui congnoissent les loix ꝗ les decretz
Ou auttrement son peuple fort trauaille
Se a son plaisir en couppe ronge et taille
Endurer fault/loy nouuelle peult faire
Mais sil la faict a iustice conttaire
Mal luy en prent la fin nen est pas bonne
Vers bon conseil prince se doit rettraire
Sil veult en paix maintenir sa couronne

Valere dit et racompte vne hystoire
que iay voulu rediger en memoire

Il fut iadis vng bon simple poure hõme
Citoyen de la ville de romme
Lequel auoit vne playe chancreuse
En sa iambe mauuaise et dangereuse
Et la monstroit comme ses poures gens
Qui sont dauoir et de biens indigens
Sur le chemin/affin quon luy donnast
Quelque aulmosne/de quoy se gouuernast
Et quon congneust sa maladie apperte
Laquelle playe estoit toute couuerte
De grosses mouches qui si fort lauoiēt mors
Quil en estoient enflees parmy le corps
Dauenture vint vng homme notable
Qui de ce cas fut tresfort pitoyable
Et pour luy faire aucun allegement
Ses mouches la chass a hastiuement
Le malade de ce faict se courca
Tresmal content deuers luy sadressa
En luy disant quil auoit en effect
Chassant ses mouches cuers luy trop forfait
De ce meffaict allegua la raison
Ses mouches mont picque longue saison
De ma chair sont si saoullees tout conclus
Que pour lheure ilz ne me mordoient plus
Or les as tu chassees ilz sen yront
Toutes saoullees ꝛ dautres reuiendront
Affamees qui encoꝛ de rechef

Me remordront tu mas faict ce meschief
En me cuidant faire tresgrant seruice
Ta pitie donc/tourne a mon preiudice

¶ Lacteur

Le poure homme playe naure blesse
Cest le peuple qui est interesse
Par accidens il sentend par practique
Qui ronge mort destruit le bien publicque
Et les mouches declairer le vous vueil
Sont officiers qui sont plains iuc a loeil
De la substance du peuple cest la gloze
Lhomme piteulx qui les chasser propose
Sentend le roy cognoissant le malice
Des officiers les mettant hors doffice
Sans supposer que dautres y viendront
Qui encor plus que les premiers mordront
Car se sont gens mesgres et affamez
Qui affin destre honnorez et famez
Veullent ronger sur le peuple ꝛ le mordre
Et ny scet on en quel estat mettre ordre
Brief il nya homme si tresruse
Qui en ce cas ne se trenue abuse

Aucuns iuges iugent a laduenture
Sans sens raison loy/ne clericature
Du iustice est subalterne nommee
Et commettroient plus grande forfaicture
Silz ne craignoyent la court ꝗ par droicture

Ne veult souffrir iustice estre blasmee
Laquelle court/acquiert grant renommee
Par prudence ainsi quil apparest
Car les faultes corrige par arrest
Et reuerse les senteces malfaictes
Imparfaictes rend selon droit parfaictes
Sans port/faueur/promesses dos/ne crainte
Toutes vertus sont en elle complettes
Quat ne seuffre vraye iustice estre enfraite

Et a regard sur tout le temporel
Sentencier peult lespirituel
Et mettre ordre aux presens et absens
Nous auons veu le cas aduenir tel
Dens le palais qui est royal hostel
Ou estoient ges par milliers et par cens
Ges aumussez nauoyet cure de sens
Et touteffois la court de son office
y ordonna si tresbone iustice
Quilz eurent sens en despit de leurs des
Car ges sans sens peulet comettre maint vice
En leglise sens est tousiours propice
Sans sens vienent dangereux accidens

    ¶La description de proces
et de sa figure

tous estas
pater
spiritus

R advint il que mon esprit trestude
Se reposa en delaissant lestude
Et sendormit quasi tout fantastique
Lors en dormat/ vit vne beste inique
Portant face de singe/ou de singesse
Dens de lyon/et oreilles danesse
Cornes agues en facon de toreau
Cuisses trappes/enflees come vng pourceau
Corps de leutier/ et la queue de renard
Le poil de bouc ayant vng fier regard
Jambes et piedz/en la facon dun cerf
Quant mon esprit la vit il nauoit nerf
Qui ne tendist/car elle deuoroit
Papes roys/ducz/tous estatz deuoroit
Comme nobles/cytoyens et marchans
Gens de mestier/et labouteurs des champs
Preux gedarmes/saiges/sotz/homes femes
El engorgoit come sucre par dragmes
A la mesure que telz gens molestoit
La queue leuoit/ espices fientoit
Que recueilloient plusieurs praticiens
Sotz et subtilz/ieunes et anciens
Lors mon esprit voulut scauoir comment
El sappelloit/mais tout soubdainement
Les assistens/luy dirent sans replique
Que tel monstre/estoit nomme praticque
La regardant/sans trop fort sestonner
Par passe temps la voulut blasonner

Le blason de praticque

Ractique auoit la face merueillable
Comme vng cinge/estoit insaciable
Qui en ses ioues veult faire garnison
Des biens mondains sans vser de raison
Et sans cesser quelque malice songe
Comme vng lyon mort de ses dens et ronge
Tous les estatz tressubgectz veult tenir
Pour son orgueil/z pompe enttetenir
De tel monstre nest souuent estoffe
De ses cornes quant il est eschauffe
Hurte les gens comme vng toreau baunier.
Fier z iteux pose quil soit asnier
Comme midas portant dasnes oreilles
Paresseux est en festes iusnes veilles
De visiter les iustes causes bonnes
Quont deuant luy differentes personnes
Et sans argent mot ne sort de sa bouche
De sa queue de renard il sesmouche
Tant quil nya si ruse ne si fin
Qui entende son faulx parler vulpin
Son poil de bouc trop long oultre mesure
Signifie que par folle luxure
Il obeyt aux dames en tel sorte
Que a leur plaisir/iustice nest plus forte
Quant bien souuent comperes et comeres
Luy font getter/sentences tresameres
Côme vng pourceau est gourmant, p blasons
Se veult nourrir de plusieurs venaisons
Et prend plaisir/quât bons vins on luy dône
Il va/il vient tout par tout coutt furonne

Ainſi que ẁnẁ cerf trotant eṅ ẁnẁ bocaiẁe
Sans ſuppoſer ꝗ auṗ braͤcḣes faict oulttaẁe
Car ſa pratiꝗue eſt ſi treſtapineuſe
Que damaſſer eḻ ne ẁeult eſtre oẏſeuſe
Qui entreſuẏt teḻ monſtre danẁereuṗ
Des ſaiẁes eſt repute malḣeureuṗ

¶ Lacteuṙ

Ne ẁoẏeȝ ẁous ẁens ḻettreȝ entenduȝ
Qui recueiḻḻent ſa] treſorͦ de fiente
Soubȝ ſa queue de renarͦ eſtenduȝ
Je ne ſcaẏ pas quel faulṗ eſprit ḻes tente
Je conẁnois bieṅ quiḻ fault quoṅ ḻes côtent e
Mais ſiḻ] ẁouloieͭt trop tapiner ou morͦbre
Dieu eſt laſſus eṅ ḻuẏ eſt dẏ mettre orͦbre

¶ Baladͤ toucḣant iuſtice

Juſticiers qui miniſttreȝ iuſtice
Pas neſt reꝗs deſtre foibḻes ne freſles
Quant ẁous deuez corrtiẁer ḻe malice
De ẁicieuṗ plains de toutes cautelles
Nẏ eſtre auſſi trop inẁratȝ ou rebeḻies
Pitie ẏ doit auoir quelque reẁarͦ
ẁous eſtes ceulṗ a qui eſt demandͤe
Par ḻes ḣumains ꝛ conẁnoiſſeȝ par art
Que iuſtice eſt/des ſainctȝ cieuḻṗ procebee

Soubȝ ẁoȝ manteaulṗ doit repoſer police

Comme au temple/reposoient les pucelles
Car vous auez/par les princes office
De respondre/par tout ses estincelles
Espandez les/sur tous ceulx/τ sur celles
Qui par larcin/tromperie et barat
Lont chassee hors/pillee et gourmandee
Car vous scauez/corrigant tout estat
Que iustice est des sainctz cieulx procedee

Nest si ferre/comme on dit qui ne glisse
Ne si saiges qui nayent sottes ceruelles
Si tressubtil/qui ne face vng tour nyce
Ne si iustes/qui nayent faulces querelles
Mais getter fault dauec soy choses telles
Se possible est/et plus tost que plus tatt
Ou de voz cueurs/vertu est decedee
Rememorans en public ou a part
Que iustice est des sainctz cieulx procedee

Prins ce saichez qui iustice depart
Peine eternelle luy sera euadee
Car ce.nest point menterie ou broquart
Que iustice est des sainctz cieulx procedee

OR voyons nous le temporel
Par gens deglise gouuerner
Et laisser lespirituel
A bigotz pour en ordonner

Noblesse on a voulu mener
Hors de ses lieux/et de ses estres
Pourquoy/pour estre plus grans maistres
En telz gens ne se fault fier
Royaulmes gouvernez par prestres
A peine peuvent fructiffier

Puis quil fault que ie le recite
Que se congnoissent ilz en guerre
Qui leur a apris lexcercite
De ce me suis voulu enquerre
Mais on dit quilz font pour acquerre
Seullement la gloire mondaine
Quon pert en vne heure soubdaine
Aduis leur est que tousiours dure
Et noblesse nest pas certaine
De ce que le peuple en endure

De la Vertu de misericorde

Isericorde / qui est si pitoiable
Ne deuroit pas des princes estre loing
Mais au iourdhuy / el a lespee au poing
Souffrant punit cil qui nest point coulpable
Elle tire par facon admirable
Dun arc turcquoys et rigueur sapareille
De luy souffler parolles en loreille
Tel vent la faict inane et variable
Dautre coste est lhomme insaciable
Qui fauche tout sans pitie ne mercy
Cest ce qui met tous estatz en soucy
La bonne dame courtoise et venerable
Est conduite par gens cruelz despiz
Plus dangereux que serpens ny aspicz
Car ilz ne font chose qui soit louable

Onsiderez que gens vindicatifz
Qui ne veullēt les faultes pardonner
Sont de peche les enfans nutritifz
Et ne veult dieu de leur cas ordonner
Tout homme humain se doit abandonner
A pardonner se on luy requiert mercy
Ou ia son cueur ne sera esclarcy
Quelque priere que par deuers dieu face
Qui pardonne/merite dauoir grace
Qui ayme amour/vit en tous bons acords
Et ses meffaitz/par tel merite efface
Car dieu benist/tous les misericordes

Les aucuns sont ingratz et deceptifz
Qui ne veullent aucun pardon donner
Et commettent plusieurs maulx excessifz
Dont ilz ne font/souuent cloches sonner
Telz gens on voit de leur sens bestourner
Ilz seslongnent de dieu faisans ainsi
Dieu est iuste/deulz il seslongne aussi
Ainsi lingrat/lingratitude trace
Fallacieux/est trompe par fallace
Et les hayneux sont nourris en discordes
Pardonnons donc pour veoir crist face a face
Car dieu benist tous les misericordes

Ne soyez point de biens mondains actifz

Qui font ames en enfer seiourner
De soy venger ne fault estre hatifz
Ne delinquans a mercy ramener
Les obstinez en mal/fault destourner
Leur remonstrant la peine et le soucy
Que corps pescheur/apres quil est transi
Faict a lame que le dyable menace
De iour en iour par subtile fallace
Humains vouldroit estre de ses consors
En pardonnant sa puissance se casse
Car dieu benist tous les misericordes

Prins ce/pardon est de grant efficace
Les pardonnans ont aup saintz cieulp audace
Pardon cure les ames et les corps
De pardonner/nest requis quon se lace
Car dieu benist tous les misericordes

De la Vertu de Petite.

E Verite on ne la peult ouyr
  Et si est el aux princes ordonneé
Mais flateurs sont si bien embaillonneé
Quel ne scauroit de sa langue iouyr
Bref on la Veult dedens terre enfouyr
A celle fin quil nen soit plus nouuelle
Et les meffaitz de plusieurs ne teuelle
Faueur luy mect le baillon en la bouche
Crainte le tient nupt et iour en tutelle
Cest pourquoy dieu de ses Verges no⁹ touche

Balade
Ous les seigneurs tēporelz ꝗ mōdais
  Qui cōmettent gens en auctorite
Et font larcin au peuple ꝗ tourmēs maintz

En eulx monstrans cruelz et inhumains
Se nourrissent en folle vanite
Ou deust estre toute unanimite
Argu suruient debat noises tencons
Et tous les iours dieu coursons / offensons
Par deffaulte de dire verite

Se les princes font aucuns toute vilains
A lencontre de la diuinite
Et quilz soient de cas vicieux plains
Dont ne facent clameurs / regretz / ne plaintz
A lessence regnant en trinite
Mais commettent mainte crudelite
Erronique q̃ de plusieurs facons
Toute vertu dauec eulx dechassons
Par deffaulte de dire verite

Que ne dit on quilz estendent leurs mains
Sur leur peuple viuans en charite
Sans les nommer coquins pethons villains
Veu que deue et dadam tous humains
Sont descendus dou vient leur dignite
Tel est seigneur qui ne la merite
Et tout essois nous luy obeyssons
Continuant en ses folles raisons
Par deffaulte de dire verite

Prins ce / plusieurs sont en captiuite
De qui les biens auons et possessons
Ou a autruy posseder les laissons

par deffaulte de dire petite

¶ De la vertu de paix

Quant au regard de paix la bien eureuse
On a trouue les moyens et praticques
De la charger de differentes picques
Et la brouiller par facon rigoreuse
Ceste vertu est faicte vicieuse
Par auarice qui chasse hors vaillance
Quant se conioinct auec double alliance
Traison faict alors quelque finesse
Dont les princes nont pas la congnoissance
Car telz meffaictz ne viennent de noblesse

Balade

Gens aueuglez a discords adonnez
Considerez que paix par vous deffault
Quant vous estes en pechez obstinez
Mars se mect sus qui vient liurer lassault
Ainsi aduient que la paix qui tant vault
Est subiuguee et dessoubz le pied mise
Par vicieux qui veullent trop acquerre
Et dieu permect quil y ait souuent guerre
Quant on ne tient compte de foy promise

Se les aucuns sont courcez mutinez
Par leur cerueau fier colere et trop chault
Batuz/naurez/playez/greuez/minez
Aux sustenteurs de guerre peu en chault
Plaisir prennent quant paix est en deffault
Tant que labeur marchandise et leglise
Gettent souspirs et demeure la terre
A labourer mesmes a dieu requerre
Quant on ne tient compte de foy promise.

Par belliqueurs mal conduitz/mal menez
Nous auos veu perpetrer maint tour cault
Ambassadeurs en mal determinez
Fourtrer la paix non obstant quil fit chault
Ceste paix donc fille du dieu denhault
Qui appete soulas repos franchise
Sen volle en lair ca bas ne la fault querre
Et luy semble que trop au monde on erre
Quant on ne tient compte de foy promise.

Prins ce pensez que aucuns on auctorise
Qui trop de biēs sans droit Veullent qquerre
Par ainsi paix hors des mondaius se serre
Quant on ne tient compte de foy promise

Euly qui gardēt ces Vertus daprocher
Pres des princes se doiuēt biē maulbire
Et leur doit on en tous temps reprocher
Quil sen ensuit Vindicacion ire
Qui oseroit aux nobles princes dire
Les deffaultes de telz gens Vicieux
A leurs subgectz il en seroit de mieulx
Mesmes a eulx ia ne le fault celer
Mais le temps est quon nen ose parler

Fuyez orgueil nobles preux et gentifz
Chassez lay hors car ie Vous aduertis
Que de tous maulx cest la souche a racine
Doz bons amys rend subgectz a captifz
Par luy se font plusieurs maulx epcessifz
De iour en iour on le congnoist par signe
Et ne pouez y donner medicine
Sans eppulser pillars dauec Voz hommes
Autre raison pour le present nassigne
Sinon questes mortelz comme nous sommes

Considerons la puanteur et lordure
Linfection que chetif corps endure

De luy ne fort que putrefaction
Cueur orgueilleux met lame a laduenture
Rememorons noftre frefle nature
Et que dieu hayt glorificacion
Des corps humains car a perdicion
En la parfin orgueilleux mondains Bont
Quant pour monter en exaltacion
Defprifant dieu folle entreprife font

Facteur

Rofne dhonneur et de magnificence
Siege royal triumphant en haulteur
Le pris le choix des dames lexcellence
Loyaulx francoys te doiuent faire honneur
Ainfi que hefter par treshumble doulceur
A fon peuple obtint grace planiere
Peutz obtenir Bne amour finguliere
Principale auec ton populaire
Qui long temps a efte en fouffrance
Et luy tendre pour pitance ordinaire
Princes en paix fubgectz en affeurance

Lors que phebus gette fa reffulgence
A dyana donne clarte / couleur
Et la garde de cheoir en decadence
Lauctorifant dune embrafee chaleur

Cela sentens que cest le conducteur
Que tu depars ainsi comme aumosniere
Qui te donne suffisante lumiere
Dont nous auons ce payement et salaire
Par le pays du royaulme de france
Tant que voyons dedens france rettraite
Princes en paix subgectz en asseurance

Quant de lamour du bien commun on pense
Allege est de toute sa douleur
La est requis pacience prudence
Et chastete pour estre plus asseur
Auec lescu noble triumphateur
Que tu gardes ainsi que tresoriere
Lequel mettons pour deffence & barriere
Dessus france & le vouloit bien faire
Dentretenir par grace salutaire
Princes en paix subgectz en asseurance

Prins ce/discords sont dechassez arriere
Paix portera lestandart & baniere
Mettant guerre qui tant nous est contraire
Dessoubz le pied par diuine ordonnance
Puis que voyons par royal exemplaire
Princes en paix subgectz en asseurance

Des prelatz et
gens deglise sur le
spece des pasteurs
Lacteur

Es Vng parc enclos de beaux trilliz
Du reposoient ouailles de maite sorte
Oy des pasteurs fiers arrogans palliz
Par sur les murs trauersans les palliz
Voulans entrer sans passer par la porte
Le grant pasteur qui a sur eulx main forte
Leur demonstroit que qui par luys ne passe
Et par ailleurs veult entrer par fallace
Comme larron folle entreprise fait
Car telz pasteurs naymeut diuine grace
Il leur suffit que leur vueil soit parfaict

Des pasteurs ambicieux
et symoniaques

Telz pasteurs mal discretz & ineptes
Ambicion leur aidoit a monter
Symonie leur bailloit les houllettes
Dont molestoyent les poures brebiettes
Dedens les parcs les voulant surmonter
Quant les deuoient nourrir alimenter
Souffroient lyons tigres serpens venir
Les loups vouloient les chiens entretenir
Lors pastoureaulx a leur plaisir submis
Simples ouailles souffroient chasser. Bēnit
En les liurant entre leurs ennemys

Se telz pasteurs sont subtilz fins et caulx
Voulans auoir les laines des brebis
Et submerger aigneletz et tropeaulx

En leur viuant/puis prendre laines peaulx
Apres leur mort cerchant telz alibis
Pour eulx vestir de sumptueux abis
puet este sans cueillir herbelettes
Pour sustenter les ouailles nettelettes
Qui se doiuent par les pasteurs conduire
Ilz commettent entreprises follettes
Car cest a eulx les regir & instruire

¶Le danger ou sont les pasteurs
& les ouailles

En ce beau parc plai de fleurs deverdure
Datbres dherbes fontaines & ruisseaux
Antone vient pour leurfaire laidure
puet lensuit qui leur fait peine dure
Prin temps apres rauerdit les preaux
Car il esmeut florettes arbres beaux
Leste meurist par phebus qui domine
Terre produit mais mars viet qui chemine
Voulant rauir les belles garnisons
Que pastoureaulx font de sens leurs maisos
Lors antone recommence sa prise
ver engloutist & cache traisons
En son ventre faisant folle entreprise

¶Comme le pasteurdoit garder
ses ouailles
Le bo pasteur voyat ses simples ouailles
En tel danger & mesmes sa personne
di

Les doit nourrir de foings/de grais de pailles
Les preseruans de guerres & batailles
Ou autrement son tropeau mal ordonne
A celle fin que resistence donne
Contre les loups/le baston pastoral
Luy est baille selon le sens moral
Pour acrocher ses ouailles esgarees
Celles qui sont obstinees en leur mal
Soient pugnies chassees et separees

De la cupidite des pasteurs

Amours
Cupido

Cupidite racine de tous maulx
dedēs les prés nourrit les pastoureaulx
Les abusant par deceptif langaige
Leur presentant des forces ou cizeaulx
De quoy tondent les brebis et aigneaulx
Jusques au sang dedens leur pastourage
Symonie met en vente louurage
Dont les pasteurs ont les membres pollus
Et les espritz ingratz ꝫ dissolus
Parquoy les loups a toute diligence
Treuuent aigneaulx pasteurs mal resoluz
Chiens sans abboy remplis de negligence

Comme les pasteurs sont compa
rez aux loups

Ce est des loups cruelz et rauissables
Fiers ꝫ puers q̄ fōt maulx excecrables
Simples aigneaulx deuorent en publique
Car ilz les vont cercher iuc aux estables
Pour les ronger sans estre pitoiables
Les regardant de regard basilique
Brebriettes nosent faire replique
Contre ces loups q̄ viennēt pour les mordre
Les pasteurs vont comme loups voie obliq
Et sont cause que on face tel desordre

Les cruelz loups sentendent les seigneurs
Qui sont mondains cabasseurs rapineurs

Et se mirent tous les iours a mal faire
Par les pasteurs sentend leurs seruiteurs
Se sont iuges tresoriers te ceueurs
Qui recoiuent plus que leur ordinaire
Par les aigneaux sentend le populaire
Qui est subgect a son souuerain prince
Inuencion le contraint a le pince
Lors iusticiers tresoriers gens de compte
En rapinant destruisent la prouince
Au grant pasteur cest dieu en rendront cõpte

Comme les loups se ve-
stent des toisons / et laines
des brebis.

Il est des loups q̃ sont encor plus faulx
Plus dangereux mauuais τ desloyaux
Que les predictz qui font tant de decceptes
Ilz se vestent des laines τ des peaulx
Des brebiettes τ des simples aigneaulx
Et font semblant ne menger que herbelettes
En esperant faire mille molestes
A ces ouailles qui sont en leur herbaige
Affin dauoir dessus eulx aduantaige
Mõstrẽt semblant q̃ se soiẽt aigneaux doulx
Qui preseruent brebiettes doultraige
Mais soubz labit se sont rauissans loups

    Comme le pasteur doit congnoistre
ses ouailles parmy les loups

Le bõ pasteur doit sesbrebis cõgnoistre
Cest leur recteur docteur ducteur τ mai
Ilz sont subinis soubz sa protection   stre
Ainsi ces loups qui se sont aliez mettre
Soubz faintz abis faisant sẽblant de paistre
Parmy brebis font fraudulacion
Pour congnoistre leur machinacion
Le pasteur doit son parc reuisiter
Ou auttrement ne se peult acquiter
De son tropeau/mais on luy monstrera
He les mettres subsequens veult noter
Par quel moyen ses faulx loupz congnoistra

Le bon pasteur.quant il vient en ses parcs

Et quil treuue brebis aigneaulx espars
Les raffembler les doit par bonne guife
Et chaffer hors loups lyons z liepars
Car fil ne fcet la fciéce z les ars
De les chaffer il fait folle entreprife
Ainfi doncques fe le pafteur aduife
Les loups meflez auecques fes brebis
Sans quil y ait difference dabbis
Il en perdra peult eftre congnoiffance
Car fes faulx loups cerchent leurs abbis
Pour aux pafteurs faire quelque greuance

Telz loups lieuent la tefte contremont
Prefumpcion z orgueilles femont
Soubz ceft abit Vaine gloire cercher
Et oultre plus mordent z menguent cher
Ceft la facon de telz loups t auiffans
Mais les aigneaux et les brebis paiffans
Contre terre regardent fimplement
Ilz ne menguent de chair aucunement
Et ne mordent/dont par experience
Daigneaulx z loups Voyez la difference

Lacteur

Di font ces loups leuát la tefte en hault
Sont fes bigotz entendre ainfi le fault
Qui font es cours des princes z feigneurs
Et foubz lombre deftre prefcheurs mineurs
Tachent dauoir de grandes dignitez

Mais en leurs cueürs ont tant de vanitez
Quilz menguët cher quant sont en secret lieu
Davarice veullent faire leur dieu
Car ilz mordent les simples angelotz
Qui sont humains courtoys et netteletz
Cest a dire povres religieux
Par eulx blessez et naurez en leurs lieux

La difference des loups et des aigneaulx

Es simples aigneaulx et brebis
Paissans dessus les vers herbis
Bessent la teste contre terre
Pour la grace de dieu te querre
En rememorant que tous nudz
Ilz sont de la terre venuz
Car de ses loups leuant en hault
La teste bien petit leur chault
Pose que leurs lieux ilz occupent
Et que simples abis vsurpent
Ainsi le pasteur doit congnoistre
Ses brebis en les voyant paistre

Ors que cayn occiſt ſon frere abel
Dieu ſen courca le ieu ne print a bel
Et neſt requis que quelque paſtour rie
Quant luy ſouuient de ceſte paſtourie
Le ſang abel apres ſa mort parla
Ainſi cayn recongnut bien par la

Que dieu scauoit son meurtre ⁊ son enuie
Parquoy neust bien tandis quil fut en vie
Aussi nauront les enuieux pastours.
Est donc requis de ne faire pas tours
Qui desplaisent au createur du monde
Qui est pasteur saige pur net et munde

Rondeau

Es loups peruers abillez en aigneaux
Sont enuieux plus que ne fut cayn
Ilz ont abbit souef douix ⁊ begnin
Mais soubz labit sont deceptifz et faulx

Se on demandoit qui separe tropeaulx
Hors de leurs parcs par vng vouloir canyn

Les loups peruers

Essoubz lombre dhumilite sont caulx
Et ne scait on quelle en sera la fin
Parquoy ny a au iourdhuy si tresfin
Qui ne doubte silz font ou biez ou maulx

Les loups peruers

Nsi soubz labit de simplesse
Sont aucuns moynes apostas
Qui veullent gouuerner noblesse
Entreprenans sur tous estas
Des adherens ont vng grant tas
Par blandir parolles eslistes
En appetant que sathalites
Ecclesiastiques maisons
Pillent robbent/euangelistes
Nescriptent iamais telz blasons

Lentteprise de refformer lhostel dieu

E faire reformacions
Ie ne vueil pas dire en effect
Que se soit ou bien ou mal fait
Ien laisse les distinctions
Touteffois les restrinctions
De vieillesse sans se abuser
Si doiuent vng peu epcuser
Touchant le femynin vsaige
Qui lancien veult recuser
Ne se monstre pas homme saige

Se le roy ou quelque autre prince
Te baille durant ta ieunesse
Gouuernement en sa prouince
Ou as acquis quelque richesse
Sans luy faire tort/cest rudesse
A luy te deposer doffice

Encoz plus se par auarice
Il pzent ton bien ꝛ ta substance
Contre dzoit ꝛ contre iustice
Fait de luymesmes lozdonnance

En luy est de te faire pendze
Sans ce que tu layes deferuy
Tu es son subgect afferui
Qui ne doys contre luy mespzendze
Se mal faiz tu es a repzendze
Mais se faiz quelque garnison
Daucuns biens dedens ta maison
Est il dit quon les abandonne
Pour vng bigotage blason
Lentrepzise nen est pas bonne

Se en ta ieunesse tu tes mis
Pour seruir ton maistre en danger
Esse raison que vng estranger
En ta place ou lieu soit commis
Iamais il nest de dieu permis
Quil nest piteuz de son semblable
A entrepzendze cest submis
Vnc enttepzise redoubtable

Ie ne dy pas que hommes ou femmes
Diuans religieusement
Pourtant filz ont gouuernement
Trenchent trop des seigneurs ou dames
Il y gist grandes charges dames

Et fault quil y ait correcteurs
Qui soient telz faitz solliciteurs
Ayans pensee deuocieuse
Mais se telz gens sont seducteurs
Lentreprise en est dangereuse

On doit mediciner les maulx
Des poures malades enfermes
Caducz par malladie mal fermes
Pour ce sont faitz les hospitaulx
Et se ceulx qui prennent trauaulx
A les nettoyer et curer
Pour leur cas veullent procurer
Quelque substance en leur demeure
On nen doit point trop murmurer
Quant ilz meurent tout y demeure

On treuue tant dinuencions
Pour atrapper ceste pecune
Que les grans mesmes la commune
Congnoissent les deceptions
Ne scay si les intencions
Daucuns sont en mal ou en bien
Je men tais ie nen dis plus rien
Non obstant que se pense entendre
Et nen ose parler/combien
Quon peult souuent trop enttreprendre

Esope dit vne petite fable
Qui sur ce point peult seruir de notable

Jadis furent deux chiennes/de quoy lune
Auoit maison ⁊ des biens de fortune
Lautre nauoit aucun logis ne biens
Et si auoit plain son ventre de chiens
Ceste riche la logea par pitie
Soy deslogeant fusse pas amitie
Lors sen alla ou elle auoit affaire
Et la laissa pour son bon plaisir faire
En son logis.apres longue saison
Ceste chienne reuint en sa maison
Lautre luy dist quel venoit mal apoint
Et que pour lors el ny enttretoit point
En y voulant entter ses chiens iapperent
Maulgre elle sa maison vsurperent
Et en eurent possession par force
Se au temps present de chasser on sefforce
De leurs logis les simples famelettes
Ilz sont ainsi comme poures chiennettes
Qui sont chassees ⁊ gettees de leur estre
Pour y loger dauttres chiennes et mettre
Qui sont plaines de chiens qui nous morbiōt
En la parfin quant leurs chiens fanneront
Ilz ne sont pas enttrees dedens ce lieu
Par la porte il sentend de par dieu
Mais ilz y ont comme on voit este mis
Cum facibus gladiis et armis
Je ne scay pas silz auoient offense
Tout regarde veu congneu et pense
On leur pouoit bien donner medicines
Sans les chasser comme bestes canynes

Du femynin fault estre pitoyable
Car on congnoist quil est fort variable
Je ne croy pas que la diuision
Nait este faicte a bonne intencion
Mais aux vngs plaist autres nen sont cõtës
Soit bien soit mal ien laisse les contemps

Des bigotz ꝗ bigottes

On dit quil ya des bigottes
Qui sont soustenues de bigotz
Ilz ne cuydent pas estre sottes
Non font les bigotz estre sotz
Mais ilz ont de plus sotz propos
Que laboureux qui portent hottes
Tous sotz ne portent pas marottes

Ses femmes qui font leurs fredaines
Tout par tout se font appeller
Par leurs noms bigottes mondaines
Je vueil leur estat reueler
Car ilz veullent de dieu parler
Aussi hault que sainct augustin
Jgnorans gastent le latin

Les es aucunes sont bibliennes
Et le texte tresmal exposent
Jeunes bigottes anciennes
Dessus les euangiles glosent

Et tout au contraire proposent
De ce qui est a proposer
Le texte est gaste par mal gloser

Les aucunes veullent scauoir
Qui fist dieu ou cest quil alla
Cuidans quilz ayent assez scauoir
Pour comprendre ce hault fait la
Et les haulx faitz que dieu cela
Leur soit presche voire a hault ton
Mais trop enquerre nest pas bon

Silz font questions theologales
Cest entreprins trop follement
En faisant banquetz et rigalles
Vont bigotant secretement
Silz celent leur entendement
Deuant quelque bigot discret
Leur engin monstrent en secret

Depuis que femmes sont clergesses
Plus quil naffiert a leur nature
Ilz sont folles et vanteresses
De trop haulx faitz font ouuerture
Femme ne doit selon droicture
Croire que ce que croit leglise
Quel commet folle entreprise

Se diuine inspiracion
Les inspiroit comme les sainctes

Qui ont glorificacion
Aux cieulx louant dieu les mains ioinctes
Je diroye ce ne sont pas fainctes
Mais on voit leur cas tout notoire
Qui procede de vaine gloire

Femmes ne doiuent trop enquerre
Touchant la haulte deite
Mais tant seulement dieu requerre
Quilz viuent en bonne equite
Femmes ont la propriete
Que ie vueil icy reueler
Cest parler plorer et siller

Sans mesure parlent souuent
Et ne sceuent quilz veullent dire
Leur pensee est comme le vent
Qui choses legieres adire
Quant sont plaines de courroup de ire
Sont serpens tappis en herbage
Dont la morsure fait oultrage

Ainsi ceulx qui sont ypocrites
Sillent cest adire mal pensent
En parlant preschent loix escriptes
Et en preschant se recompensent
En pleurant souuent dieu offensent
Leurs larmes ont peu de valeur

De voeil viennent non pas du cueur

Parquoy sans que plus en deuise
Ceulx qui causent ce bigotage
Se meslent de folle entreprise
Vanite tiennent en hostage
Et peche les prent en seruage
Comme esclaues assubgetis
Par desordonnez appetis

Ce que les sainctz peres
peuent entreprendre / & du
gouuernement des prelatz

Celuy qui a puissance de lier
Pareillement pouoir de deslier
Enteprendre ne doit plus que sainct pierre
Aux serfz de dieu se doit humilier
Ses ouailles esgarees ralier
Et se autrement le fait il erre

Dentreprendre assaulx bataille guerre
He nest affin que nostre foy en prise
Nul bien nen vient e y peult len acquerre
Ce nom dauoir commis folle entreprise

Sainct gregoire saichant quon le prisoit
Tant que au siege papal on leslisoit
Print la fuite renoncant tel honneur
De la peine des prelatz deuisoit
Humilier souuent les aduisoit
Car vng prelat est douailles gouuerneur
He luymesmes nest bon solliciteur
En renoncant tout le bien temporel
Il na garde quil soit vray zelateur
Ne conducteur du bien spirituel

Prelat porte crosse par seigneurie
Monsttant quil est pasteur en pastourie
Sa dignite tout bon crestien prise
Lannel quil a en son doy signifie
Que ydolattres heteticques deffie
Ainsi que vray espoux de saincte eglise

La tunique qui est gentement mise
Dessus son corps signifie nettete
Par lestolle pacience est requise
Le chassuble despend de charite

Vng prelat doit estre vertuer p saige
Discret en meurs vela so y droit vsage

Sainct gregoire le dit au pastoral
Mais sainct bernard parlāt de leur oultra ge
A eugene dit en peu de langaige
Que aucuns pasteurs se gouuernent tresmal
Je mesbahis dit il en general
Quilz commettent Vicaires ordinaires
Sur le peuple et par especial
Ilz en prennent les deniers et sallaires

Esse pas donc entrepris follement
Vouloir auoir dautruy gouuernement
Et ne scauoir soymesmes gouuetner
Vng prelat doit auoir entendement
De seruir dieu/z principallement
En bonnes meurs ses subgetz doctriner
On ne Veult pas Vng prelat ordonner
Pour receuoir honneur sans autte chose
A seruir dieu se doit determiner
Sainct gregoire aux moralles lexpose

En epode sil Vous plaist de le lire
Vous trouuerez quon doit pasteurs eslire
Qui soyent lettrez saiges courtoys / et doulx
De bonne Vie sans orgueil et sans ire
Et ne doit on bailler sans contredire
Brebiettes a garder a des loups
Cestassauoir a ceulx qui sont si foulx
Que le prouffit de prelacion prennent
Sans le labeur ilz le font pres que tous
Et par ainsi folle entreprise aprennent

Decy le temps a bien nombrer les ans
Que psaye dist a petis et grans
Leuant les peulx au ciel comme transi
Que les poures et prelatz triumphans
Prendroient en eulx condicion denfans
Viuant sans soing et sans aucun soucy
Et zacharie a relate ainsi
Se le prelat ne se tient a lescole
Pour enseigner son peuple il est aussi
Fort vertueux que on diroyt vne pctole

Sainct iherosme a dit pour exemplaire
Que le prelat ne soit concubinaire
Car il est vray espoux de saincte eglise
Le droit canon de ce ne se veult taire
Veu quil deffend en leur maison attraire
Quelque femme pourueu quel soit de mise
Saint augustin de cecy nous aduise
Qui eust sa seur femme de grant facon
Il ne voulut que auecques luy feust mise
A demourer pour euiter souspecon.

Ung prelat est ainsi comme le chief
Qui les membres preserue de meschief
Ses subgetz doit de tous maulx preseruer
Se aucun mal font les doit corriger brief
Silz nont nulz biens donner de son relief
Reprendre ceulx qui les veullent greuer
Sainct augustin comme ie puis prouuer
A tous prelatz a monstre notamment

Que de eglise biens ne doiuent leuer
Fors pour nourrir leurs corps tãt seullemẽt

Mais aucuns sont qui sont irreguliers
Qui amassent des ducas a milliers
Entreprenans mainte folle entreprise
En se meslant des estas seculiers
 Se ne sont point les bons fermes pilliers
Qui soustenoient le moyen de leglise
Il naymẽt point ainsi que faisoit moyse
Simples subgectz lequel a ioinctes mains
Prioit a dieu tant fut plain de franchise
Quilz fussent tous nommez prophetes faitz

Nully ne doit porter nom de pasteur
Se son peuple na tousiours en son cueur
Pour subuenir a ses necessitez
Il doit fuyr bombances et honneur
Car il est dit de poures gouuerneur
Et le support en leurs aduersitez
Prelatz ostez toutes mondanitez
Car ceulx sont folz qui trop de biẽs retiẽnẽt
Vous suffise dauoir les dignitez
Biens deglise aux poures appartiennent

Se prelatz ont de patrimoine assez
Biens deglise ne sont point amassez
Pour les nourrir ou contre raison vont
Il y en a qui ne sont point lassez
Prendre et rauir des vifz des trespassez

Telz gens larrons et sacrileges font
Aux poures gens aucuns biens ilz nen font
Et cuident ilz deuant dieu estre quittes
Sur ce point sainct augustin les confont
De luymesmes en parlant aux hermites

Jay des parens dit il qui par fallace
Me demandent que des biens ie leur face
Et toutesfois ie y vueil bien resister
Car dieu ma faict de son bien ceste grace
Que par rigueur flaterie ou menace
Ilz ne mont sceu oncques suppediter
Ung prelat donc qui se veult acquiter
Biens deglise a poure gens deliure
A son pouoir les doit solliciter
Et les riches de leurs biens laisser viure

Or voyons nous tout le contraire faire
Aux poures gens on ne veult satisfaire
Pour le present nont ne support ny ayde
Fors les bigotz qui veullent conttefaire
Les gens deuotz / z ont pensee conttaire
Dedens leur cueur qui ne monstrent en face
Par flater ont daucuns prelatz la grace
Secretement par leurs subtilitez
Aucuns blasment pour couurir leur fallace
Et eslieuent plusieurs nouelletez

Las nous voyons peu de prelatz prescheurs
Qui resistent ne qui soient empescheurs

Ceulx qui gastent z destruisent la foy
Le temps daaron il fault cercher ailleurs
Car les prelatz ne sont point batailleurs
Comme il estoit pour eyauser la loy
Les apostres tenans leur simple arroy
Conuertirent le peuple a iesucrist
Par preschemens/mais a ce que ie voy
On se mocque doyr le sainct escript

Mais ou sont ceulx qui en captiuite
Sont detenuz pour prescher verite
On en voit peu hanter en seigneurie
Chasseurs volleurs sont en auctorite
Riches abis pompes mondanite
Ont present bruyt/mais vertu est perie
Abbus/larcin/oultraige/flaterie
Mainent lestat de leglise a leur aise
Symonie couuerte puterie
Font bien souuent enttreprise mauuaise

Cest par orgueil qui ainsi les abbuse
Qui en la fin ses seruiteurs ne excuse
Car liez sont de dangereux liens
Filz ont acquis biens mondains p leur ruse
Ung autre vient qui apres eulx les vse
Dont se meuuent grans inconueniens
Car lhomme mort on treuue les moyens
Partir en trois ses biens tãt soiẽt vaillables
Le corps aux vers a ses parens les biens
Quant de lame cest a dieu ou aux dyables

¶ De symonie

Rief loyaulte est de plusieurs bannye
Leglise on voit au iourduy mal vnie
Enuie y est qui fait debatz arguz
Catholiques on dechasse et tenye
On ayme mieulx maintenant symonie
Que ne faisoit le faulx symon magus
Et qui auroit autant de yeulx come argus
A grant peine verroit pasteurs parfaitz
Pres que tous ont ongles trenchans aguz
Pour rapiner non pas pour porter faiz.

Heliseus prophete renomme
A vng homme par nom naaman nomme
Donna sante dont ne voulut riens prendre
Son seruiteur giezi en fut fume
De couuoitise si tresfort enflame
Que symonie il voulut entreprendre
Il print argent vestemens sans attendre
Ainsi vendoit du sainct esprit la grace
Parquoy deuint pour tel peche reprendre
Plain de lepre sans partir de la place

Ieroboam en sa malle fortune
Constitua euesques pour pecune
Lestoit la loy de dieu tresmal gardee
Le createur qui contre telz gens pugne
Symonie vng grant peche repugne
Lentreprise congneut outrecuidee

Symonie fut alo:s recindee
Non obstant que ieroboam fut roy
Sa lignee fut despoullee desgradee
Et luymesmes auec tout son attoy

Anthiocus contre d:oit et raison
A bons deniers voulut vend:e a iazon
La dignite deuesque souuerain
Mal luy en p:int non obstant son blason
Et son o:gueil ainsi que nous lison
Es machabees de son faict tresuillain
Jherusalem vouloit comme inhumain
Totallement destruire par batailles
Malladie vint a luy si soubdain
Quel tresperca ses boyaulx et enttailles

O: voyons nous grande punicion
Faicte aux payens qui par contemption
Auoient vendu p:estrise des ydoles
Dieu se courca de leur vendicion
Et leur donna lo:s malediction
Se ne sont point conte3 ne parabolles
Vous qui faictes vendicions folles
De p:ebendes cures ou euesche3
Escripue3 vous hardiment en leurs rolle3
Car beaucop plus quil3 nont fait vo9 peche3

Se aucun larron desroboit vng calice
Et le vendoit il seroit par iustice
A p:ebende on le peult bien entend:e

On le reprent de sa fraulde et malice
Et laisse len ceulx qui sont plus grant vice
Quant ilz veullent toute leglise vendre
Telz gês sont ditz pour le cas bien cõprêdre
Symoniaques sacri leges lartons
Biens attrappent ⁊ sont prestz de les prêdre
Comme en terriers cougnie prins par furds

Serez vous ditz vrays pasteurs venerables
Bons zelateurs deuotz et charitables
Par ce moyen/nenny ie le vous nye
Vous serez ditz cruelz loups rauissables
Qui deuorez voz ouailles aux estables
Crainte de dieu est de voz cueurs bannye
Tel mauuaistie ne demeure impugnie
Car ceulx qui sont a telz maulx esueillez
Et qui gardent leglise destre vnie
Du ciel diuin sont priuez epilez

Trêblez/trêblez mõdais pasteurs pecheurs
Prescheurs/pescheurs/loups râpãs rauissãs
Par nõs docteurs/et par faitz seducteurs
Meneurs ducteurs/de vices protecteurs
Flateurs/menteurs/deuant princes puissãs
Obeyssans aux metaulx reluisans
Et esguisans vostre langue a mal dire
Soubz simple abit/peult estre cueur plai dyr

Lacteur

Voy bõs pasteurs q̃ viuẽt en simplesse
Ne maistresse mais les mauuais reprẽs
Et est force que en leurs maulx ie les lesse
Quant sans cesse au peuple font oppresse
Et rudesse/parquoy leurs maulx comprens
Brief se ienprens courtoup ie ne mesprens
quãt ie oprẽs maugre moy leurs faulx tmes
Faulte de foy fait mesler prelatz darmes

Dou vient cecy fors par mondanite
Et vanite qui les tient en tutelle
Faulte daomur et de benignite
Fraternite est en decrepite
Et verite clot la bouche ᴁ chancelle
Ou est celle maintenant qui precelle
Cest cautelle qui les vertus dechasse
Cõme leutiers font fuyr lieure en chasse

Les cautelles sont closes et couuertes
Puis ouuertes en la fin cest lusaige
Quant on les voit patentes et appertes
Lors acertes on recongnoist les pertes
Que ont souffertes subgetz en maint passage
De couraige entremesle doulttage
Et de raige/quant on voit quon na rien
On mauldit ceulx qui ont tollu le bien

Pource prelatz dauarice seduitz
Qui voz desuis prenez a guerre faite
Et ne tachez tant de iour que de nuitz

Mettre en estuys biés des mōdains destruis
Esbaßy suis pensant a Bostre affaire
Le populaire Boyez crier et braire
Sans satiffaire a ses cris et ses plaintz
Saiges nont rien et folz sont de bien plains.

A forte main possession prenez
Des dignitez par trop entreprenez
Quant guerroyez pour lestat de leglise
Petis enfans qui sont a peine nez
Et ne scauroient quasi moucßer leurs nez
Ont enescßez dignitez cest la guise
Abbayes cures prieurez par faintise
Sont baillees affin que lentendez
A des ioueurs de cartes ou de dez
Estudians ce mestier Boulentiers
Et leur suffist destre bien prebendez
Sans dire messe ßeures Bespres psaultiers

Tant engloutir de dignitez a tas
Et gouuerner gens de plusieurs estas
Possible nest que iustement se face
Mais Boulez Bous messieurs les prelatz
Que le fleuue iourdain sans estre laz
Se absorbe en Bous par Bostre gorge passe
De quoy Bous sert tresor en Bne masse
Qui deust estre aup poures gens donne
Or se par Bous est mal ordonne
Cause serez de la perdicion

De voz ames/quil me soit pardonne
Se de voz maulx faiz repeticion

Les dispenses sont cause de grans maulx
On dispense dameretz fringuereaulx
Asnes bediers sont faitz prothonotaires
Les torcheculz de mulles de cheuaulx
Courtiers damours appellez maquereaulx
Ont dessoubz eulx chappellains z vicaires
Pour recueillir leurs deniers ordinaires
Qui recoiuent comme fermiers marchans
Sur droit dautruy vsurpans et marchans
Du mort du vif happent/prenent./saisissent
Et ne feront ia priere ne chantz
Se grans deniers en bource ne sortissent

Comment religion fut fondee
par les roys princes et seigneurs
et comment ilz espouseret deuocion

Es gēs rcyaulp q̃ furent fondateurs
Des egliſes z̃ Vrays mediateurs
De mettre en bruit ſaincte religion
Donnerent biens a poures orateurs
Leſquelz furent principaulp inuenteurs
De grans Vices faire correction
Ainſi doncques Voyant deuocion
Deſolee poure ſans aucuns biens
Par gens de bien.trouuerent les moyens
La matier aup grans ſeigneurs mondains
Qui luy furent courtoys doulp z̃ humains
En tel facon q̃l eut des biens aſſez
Et amaſſoit des biens a toutes mains

f i

Deuocion en ce point mariee
Aux grans seigñrs cõme leur desires
La gouuernoient en estat de simplesse
Mais soy voyant en ce point honoree
A celle fin destre mieulx decoree
Se delecta auec gens de noblesse
Et les congnut en forme si expresse
Quel fut grosse & en brief enfanta
Une fille quon appelloit richesse
Qui son pouoir a tous manifesta
Richesse creut & deuint grande et belle

Les orateurs passoient temps auec elle
Et delaissoient deuocion sa mere
Adnichilee quasi comme en tutelle
Mais congnoissant sa fille estre rebelle
En souspiroit de douleur tresamere
Luy demonstrant le vice et impropere
Quelle faisoit de ses seruans seduire
Lesquelz deuoient chanter en son repere
Cantiques ditz pour gens en bien instruire;

Richesse auoit de deuocion honte
Sa mere estoit (si nen tenoit compte
Et passoit temps a toutes volupte;
Tenant estat de roy/de duc/ou conte
Sans supposer que la fin faict le compte
Quant on commet erreurs iniquitez
Aucuns voyans telles enormitez
Faignans seruir dame deuocion
Se vanterent que ses perplexitez
Seroient mises tost a destruction

Cõe les reformateurs sõt gduiz p papelardise
Pour corriger toutes telles erreurs
Se mirent sus des folz entrepreneurs
Que conduisoit dame papelardise
Et se nommoient par nom reformateurs
Mais ilz estoient de richesse amateurs
Car pour lauoir faisoient ceste entreprise
Les principaulx conducteurs de leglise
Couuoitise tellement abusoit

Par beau parler et couuerte faintise
Que a son vouloir plusieurs en seduisoit

Des ypocrites

A suruiendret vng grãt tas dypocrites
Qui prescheoiet canõs (et loix escriptes
Affin quon dist sont gens felicitez
Dieu les repr ent par ses euangelistes
Car leurs blasons (et leurs parolles mistes
Tournent en mal et en ferocitez
A bien parler on les voit incitez
Leurs parolles gardent gens de mal faire
Blasmer pechez sont assez vsitez
Le bien preschent/mais ilz font le contraire

Lacteur

Deuocion soy voyant tarteller
Print courage commenca a parler
A ces bigotz et ces reformateurs
En soustenant quilz sont de maulx acteurs
Papelardise escoutoit son blason
Deuocion soustenoit par raison
Quil y auoit des reformateurs maintz
Lesquelz estoient felons et inhumains
Car comme loups sortissans hors des boys
Simples aigneaux ilz tenoyent aux abboys

Comme les reformateurs nont ose
assaillir les grosses abbayes du cõmen
cement/mais ont reforme les mēdiãs
et sont comparez aux loups sortãs des
boys

Les loups partans secretement
Des boys pour faire de grans maulx
Peuent regarder songneusement
Mulletz iumens/z grans cheuaulx
Garde nont de leur faire assaulx
Quant ilz sont ensemble serrez
Pource quilz ont les piedz ferrez

Les loups seroient tresmal venus
Dassaillir ces grans beufz cornus
Qui ont cornes pour eulx deffendre
Aussi ilz nen assaillent nulz
Point ne sefforcent de les prendre
Ilz nosent aussi entreprendre
Dassaillir vng tas de pourceaulx
Qui grongnent dedens leurs tropeaulx

Les loups subtilz petuers sadressent
Sur simples bestes quilz oppressent
Comme lyons deuorateurs
Poures aigneaulx nautent z blessent
Mesmement les simples pasteurs
Tout ainsi noz reformateurs
Ont voulu faire leurs misteres
Et nont ose de paour des heurs
Assaillir les gros monasteres

Lacteur

O seducteurs qui par blandissemens
Par faulx semblans z subtilz documens
Enttreprenez entreprises damnables

Rompans chartres mandemens instrumens
Subuertissans princes par preschemens
En commettant des vices execrables
Enseignemens proferez et notables
Bouche les dit/mais le cueur dissimule
Sainct augustin sainct benoist gens notables
Confesseurs sont iamais nalloient sur mulle

Quant daleguer iay souffert peine austere
Et suis ia vieil on entend ce mistere
Lest bien raison quon supporte vieillesse
Et touteffois qui entend la matiere
Il peult prouuer que en simple monastere
Mourir de fain gens deuotz on ne lesse
Silz se veullent esleuer en haultesse
Dessoubz lombre de predicacion
Taichant dauoit auecques eulx richesse
Desso ubz le pied mettent deuocion

Ballade balladant

Pur parler a la verite
On a veu luniuersite
Auoir priuileiges et droitz
Car les nobles dantiquite
Gardoient ceste solemnite
Comme augmenteurs de bonnes loix
Maintenant ie ne my congnois
On la deffoulle on la desprise
Mais esse pas folle entreprise

Couuoiteux desprise science
Il na ne foy ne conscience
Car pour mieulx faire ces misteres
Sans charite et sans prudence
Aux mendians fut faict deffence
De chanter en leurs monasteres
On mist hors les anciens peres
Par larcin/et par couuoitise
Mais esse pas folle entreprise

Heresie son feu atise
Gloire mondaine et couuoitise
Ont a aucuns iournee termee
Car on a ven dedens leglise
Qui deust estre lieu de franchise
Puis cinq ans vne grande armee
Ainsi par tout court renommee
Que on rauasse par trop leglise
Mais esse pas folle entreprise

Lacteur

Papelardise qui eut lengin agu
Dyãt ces motz voulut prendre largu
A lencontre de deuocion/mais
Leur dyalogue/icy par escript mectz

Dapelardise

Je fais tous les iours abstinence
Au reffretoer est la pitance
Que les gens nous donnent gratis

Deuocion

Je ne dy pas ce que ie pense
Vous faictes la grande despense
In camera caritatis

Papelardise

Nous faisons requestes prieres
Et abstinences singulieres
Les gens en sont bien aduertis

Deuocion

Les beaulx bancquetz et bonnes chieres
Se font par subtiles manieres
In camera caritatis

Papelardise

Helas nous disnons en couuent
Ainsi que les pluuiers de vent
Peu de biens nous sont departis

Deuocion

Voz gouuerneurs le plus souuent
Ont tant de biens que on les reuend
In camera caritatis

¶Papelardise

Nous prenons peines ⁊ trauaulx
On peult Beoir a noz piedz deschaulx
Que sommes gens assubgectis

¶Deuocion

Les reformateurs principaulx
Menguffent de bons gras morceaulx
In camera caritatis

¶La glorificacion ⁊ fain
tise de papelardise

Il mest force que Bous reuele
Partye de mon abilite
Gens plains de Bice ⁊ de cautelle
Fais sembler gens de dignite
Qui Beult auoir auctorite
Sans que on congnoisse son oultrage
Et naymer foy/ ne charite
Il doit Bser de bigotaige
Brassant quelque mauuais buuraige
Joignant deuant les gens les mains
Vsant de deceptif langaige
On a ainsi les biens mondains
Tromper ses parens ses prochains
Menger la laine sur leur dos
Et desrober dieu ⁊ ses sainctz

Cest lentreprise des bigotz
Faignant destre trauaille las
Et coucher sur vng matelas
Reposer dessus vng mol lit
Disant quen prenant le repas
On boit de leau/mais hypocras
Soit tout prest pour prendre delit
Et se le visaige palit
On en escoute mieulx les motz
Beau parler les cueurs amollit
Cest lentreprise des bigotz

Affin quon ait milleur salaire
Donner exemple de bien faire
Aux gens ce nest que bien presche
En preschant fault crier et brayre
Monstrer vice a vertu conttaire
Affin dauoir quelque euesche
Se on reprent gens de leur peche
Pour acquerir honneur et loz
Cest tousiours quelque argent pesche
Cest lentreprise des bigotz

Qui faict entreprendre a noblesse
Acquerir honneur et richesse
Fors que moy qui vis a requoy
Qui se mesle de hardiesse
Qui fait reluire gentillesse
Et esleuer nouuelle loy
Jen suis le motif par ma foy
A dau cuns fais acquerir loz

Et rauir oz/argent/alloy
Par lentreprise des bigotz

Quant du cas ecclesiastique
A le gouuerner ie mapplique
Faisant les asnes epaulser
Et qui veult scauoir la praticque
Comme cest que leglise on picque
Il se fault a moy adzesser
Je faitz les bons clercs oppzesser
Et metz en bzupt vng tas de sotz
Sans crainlze de dieu offenser
Cest lentreprise des bigotz

Quant ie voy vne eglise vnie
Tant fais que vnion est bennye
Jendure que asnes chantent messe
Jeslieue dame symonie
Saincte estude chasse et renye
Et predicacion rabesse
Jassemble affin que on me congnoisse
Crosses mittres rouges chappeaux
Et en blasonnant les gens presse
De perpetter infinis maulx

En leglise fais grans oultraiges
Je mengus crucifix ymaiges
Reliques et sainctz ossemens
Jen retiens les grans personnaiges
Tout mest vng silz sont solz ou saiges
Je abolis charttes instrumens

Il en vient des amendemens
Car en iouant de happe happe
Blandiz les gens ⁊ puis les frappe

Deuocion

Ie vallez que septimulus
Et pareil a antigonus
En couuoitise ⁊ en rapine
Ressembler deussiez a titus
Plain de saigesse ⁊ de vertus
Affin destre repute digne
Pensez a la faulte maline
De choro dathan ⁊ abiron
Qui eurent dure discipline
Cest lestat de deuocion

Maintenez le peuple en franchise
Ainsi que faisoit le sainct moyse
Et comme aaron lendoctrinez
Monstrez vous ionas sans faintise
Preschez pour soustenir leglise
Et gens de bien y ordonnez
A vous corriger aprenez
Ostez glorificacion
De voz cueurs/mes ditz retenez
Cest lestat de deuocion

De nully ne suis supportee
Entretenue ne confortee

Puissans seigneurs cest Voftre honte
Prelatz ie deuffe eftre portee
En Voz cueurs/or suis ie aduortee
De moy ne tenez aucun compte
Par richeffe qui Vous furmonte
Folle entreprise et ignorance
Vous gouuernent/Voftre mefcompte
Ofte de moy la congnoiffance

Leglife fe mefle de guerre
Temporalite luy fupplye
Ceft la caufe fans plus enquerre
Qui me tend ainfi affoiblie
On deuoit aller en turquie
Affin que turcs fuffent greuez
Mais guerre fut en ytallie
Aucuns fi font laches trouuez
Papelardife Vous fcauez
Quon a depuis fix ans de faict
Pour ce cas grans deniers leuez
Je ne fcay pas quon en a fait

Papelardife ceft par toy
Qui foubz lombre de ton chaftoy
Cuides richeffe endoctriner
Mais tu luy aprens telle loy
Que or billon argent z alloy
Elle prent pour mabandonner
Soubz elle deuffe gouuerner
Et ie fuis deffoubz le pie mife

Deulx tu ma fille gouuerner
Tu la gastes papelardise

Je te dis que tu deusses estre
A priet dieu dedens ton cloistre
Et tu tiens termes curiaulx
Richesse ma fille faiz paistre
Tresmal luy donnes a congnoistre
Que iay par elle infiniz maulx
Tu entens bien que gens royaulx
Sont engendree en moy sans vice
Comme prudens discretz loyaulx
A celle fin quel me nourrisse

Or voys tu ma fille richesse
Voulant sesleuer en haultesse
Et me lesser comme esgaree
Par moy les biens quelle possesse
Parquoy deueroit viure en simplesse
Sans estre de moy separee
Mais el est vestue et paree
Or es tu la cause motiue
Quel me laisse desemparee
Par toy est en pompes actiue

Richesse voluptez demande
Vins delicatz bonne viande
Bela qui la fait vicieuse
El est orgueilleuse gourmande
Fresle couragueuse friande

fiere medisante baueuse
Au seruice dieu paresseuse
Bon ite desprise leglise
Des biens dautruy est enuieuse
Auec mondains luxurieuse
Et tout par toy papelardise

Esbas dissoluz passe temps
Noises guerres discordz contemps
Rien nest que a richesse plus plaise
Riches ne peuent estre contens
A tous mondains ie men entends
Leur cueur demande estre trop aise
Mais quant fortune se degoise
A faire aux riches gens finesse
Le fier orgueilleux appriuoise
De damoiselle fait bourgoise
Puis pourete abat richesse

Les grans princes qui lengendrerent
En moy tresfort me supporterent
Car ilz estoient courtoys et doulx
Touteffois mon renom osterent
Par quant richesse en moy poserent
Ilz mentudirent les genoulx
Parquoy ie concludz deuant tous
Que gens voulans viure en simplesse
Ne doiuent appeter richesse
¶Comme richesse et papelardise estaignēt deuo
on de lorillier de delices. Et comme foy et
charite les reprennent

Ichesse oyant ainsi parler sa mere
Deuocion en eut douleur amere
Et par despit auec papelardise
La menaca ⁊ de faict de main mise
Fut adiournee par richesse sa fille
Qui par facon cautelleuse ⁊ subtile
Vng orillier de delices trouua
Dont sa mere si asprement greua
Quel lestaignit/⁊ ainsi par conttrainte
Deuocion fut par richesse estaincte
Auecques elle estoit papelardise
Eulx deux firent celle folle entreprise
Laquelle estoit enclose en leur pensee
Et sur ce point vint foy fort courroucee
Qui charite conduisoit par la main
Elles voyant ce faict tresinhumain
Commencerent a richesse blasmer
Par le rondeau que ie vueil resumer

Comme foy et charite blasment
⁊ reprennent richesse

Rondeau

Ichesse tresperuerse fille
Ennemye du dieu immortel
Tu nas point vouloir naturel
Quant a ta mere faitz castille

Tu es lestandartt et bastille

Derreur ꝗ de peche mortel

❧Richeſſe

Plus toſt par le trou dune aguille
Paſſeroit vng puiſſant camel
Que vng riche au lieu celeſtiel
Entraſt note bien leuangille.

❧Lacteur

Icheſſe compte ne tenoit
De foy/mais luy eſtoit contraire
Et charite habandonnoit
Dauec eulx ſe vouloit rettraire
Touſiours auoit a lordinaire
Auec elle papelardiſe
Qui tous les iours luy faiſoit faire
Et commettre folle enttepriſe

❧Comme foy ſe fonde en charite.

Oy voyant ceſte enormite
Comme foible dolente ꝗ laſſe
Se alla fonder en charite
Ainſi charite foy embraſſe
Et dit comme pleine de grace
Telz motz queſcriptz ſongneuſement
Selon mon ſimple entendement

Charite

E sur moy vous voulez fonder
On ne vous peult appreßender
De la haulte fondacion
Mais vostre vertu bien garder
Affin quil en soit mencion
Il est dit omne quod natum
Est ex deo vincit mundum
Et hec est victoria
Que vincit mundum fides nostra
In caritate fundata

Dieu me crea a sa similitude
Et composa en sa haulte altitude
Tous mes effectz lesquelz on doit aprendre
En me donnant de grace plenitude
Pour les humains oster de servitude
Du ciel le fis en la terre descendre
En se incarnant voulut corps humain prendre
Car les humains auoient necessite
Dun tel docteur qui vint pour leur aprendre
Voye de salut damour et charite

Considerez que la foy est martrie
Quant on ne tient en haulte seigneurie
Compte de moy/auec princes doibs estre
Par richesse ie deusse estre nourrie
Et elle veult que soye chassee et petie
Car de tous poitz et me veult descongnoistre
Parquoy il nest au iourdhuy si grant maistre
Pose quil ait paix et tranquilite

Qui au deuant de ses peulx vueille mettre
Hoye de salut damour de charite

Biens temporelz deuez habandonner
Mains ouuertes prestes de dons donner
Fendre voz cueurs par vraye compassion
Les ignorans doulcement doctriner
Infideles a la foy ramener
Les obstinez a vraye contricion
Lessez fraude larcin deception
Se richesse veult prendre humilite
Elle acquerra pour rettribucion
Hoye de salut damour de charite

Lacteur

Oy commenca a reprendre parolle
Et tout ainsi que maistresse descolle
A richesse demonstra ses deffaultes
Quelle veoit criminelles & haultes
Jentens haulteur de rigueur & bobance
Dont redigay par escript la substance

Comme foy blasme richesse
et la reprent

Richesse pleine depaction
Frauduleuse despite irreguliere
Comblee dabuz de cauilacion
Orgueilleuse rebelle rude et fiere

Qui par metaulx treuue facon maniere
De esleuer sotz en haulte seigneurie
Dessus lesquelz le populaire crie
Pour leurs larcins et leur deception
Car par toy suis succombee a perie
Quant tu estains dame deuocion

Considere ton orgueil ta bobance
Ta folie et ton oultrecuidance
Ta grant fierte ton vicieux arroy
Et que vng berger a autant de puissance
De resister contre mort sans doubtance
Com le pape empereur duc/ou roy
Et touteffois tu commetz tel desroy
Pour te aorner de nouueaux paremens
Prenant plaisir a tes acoustremens
Sans que aux poures faces quelq allegeace
Que la terre a autres elemens
Incessamment en crient a dieu vengeance

Tu entreprens entreprises dampnables
Des richesses tu as innumerables
Et si encor ne te peulz contenter
Les gens deuotz appetes supplanter
Et les faire poures et miserables
Car les deuotz piteux et cheritables
Tu ne taches que a les suppediter
Sans ce quilz soient daucun vice coulpables
Pour tes pompes faire manifester
       De la vertu de charite

Harite est la mere des Vertuz
Elle degaste tout erreur & tout Vice
Ou el deffault tous Biens sont abatuz
Car des Vertuz elle est mere nourrice
Charite est aux humains si propice
Quelle con font toute mauuaise chose
Cest le Vaisseau ou lodorante rose
Est posee qui procede denhault
La ou el est toute Vertu repose
Et ou el nest toute bonte deffault

Charite est de Vertu la fontaine
Arrosante ainsi que augmenteresse
Tous les humais qui Veullent prēdre peine
De lensuiuir ainsi que leur maistresse
Elle conduit gens Viuans en noblesse
Au pres de dieu sans elle a Bref parler
On se fouruoye & ne peult on aller
Du on cuide paruenir a la fin
Car charite ia ne le fault celer
Deffend adresse & maine droit chemin

Or ne tiens tu compte de charite
Les poures Voys mal Vestuz mal chaussez
Ilz sont de toy eppulsez et chassez
Ainsi tu nas aucun bien merite
Dieu qui ayme et prise Verite
Doit les poures foullez et oppressez
Qui sont par toy mutillez et pressez
Quant sans pitie amour ne equite

Deulx permettte quilz soyent interessez
Oz ne tiens tu compte de charite
Cõme richesse lya foy a vne atache/τ cõme plu
sieurs la naurēt/τ blessēt/mais charite la souftiēt

Icheſſe adonc courcee ⁊ deſpitee
Oultrecuidee incenſee/irritee
Empoigna foy fondee eη charite
Et ſans pitie amour ny equite
La fiſt lier ſoubdaiη a vne atache
Comme celle qui a martirer tache
Les gens prudens preſchans ſaincte eſcripture
Ainſi liee vindrent gens ſans droicture
Qui loutragerent/nauterent ⁊ bleſſerent
Comme morte quaſi la delaiſſerent
Mais charite touſiours la ſouſtenoit
Et richeſſe rudement reprenoit
Qui luy faiſoit enduter maulx a tas
La ſuruindrent gens de pluſieurs eſtatz
Voulans dire que foy quoη dit ſi forte
Sans oeuures eſt adnichilee ⁊ morte
Et qui ſoit vray/par cecy prouue eſt
Fides fine operibus mortua eſt
Au contraire la verite eſt telle
Que la foy eſt des vertus la plus belle
Pourueu quel ſoit eη charite fondee
Leſcripture ſoit ſur ce regardee
Et eη voz cueurs imprimez ce nota
Fides iη caritate fundata
Eſt virtutuη virtus/parquoy
Il eſt requis touſiours de fonder foy
Eη charite/ou autrement neſt nulle
Mais touteſſois ſans que plus diſſimule
A relater la peine ⁊ les trauaulx
Que ges peruers dangereux traiſtres faulx

ffirent a foy en differentes guises
Racompteray leurs folles enttepzises

Des hereses/et comment ilz
font derision de la foy

Anicheus vint pour foy oultrager
En soustenant que sur les terriens
Deux dieux estoient pour le cas abreger
Lun disoit bon/lautre ne valoit riens
Arrianus auec ses arriens
Disoit iesus estre maindre personne
Que son pere sa raison nestoit bonne
Atanaise luy remonstra sa faulte
Comme a celuy qui hors de raison saulte

Puis aucuns grecz errerent en ce lieu
Le sainct esprit ne confesserent dieu
Mais soustenoient quil estoit creature
Sabellius erra contre droicture
Trois personnes il voulut alleguer
Assemblement ꝛ sans les distinguer
Pareillement iuifz sarrazins payens
Blasmerent foy par differens moyens
En desprisant ses articles notables
Mais les deuotz saiges discretz crestiens
Les mirent ius par beaux ditz et notables

De lerreur iacobite ꝛ nicolaite

Dis sesmeurent vng tas de iacobites
Que au tēps present iacobins appelōs
Par eulx furent plusieurs erreurs escriptes
La suruindrent aucuns nicolaites
Voulans brouiller la foy comme brouillons
Mais se par eulx vne foys nous regllons
A leurs erreurs serons equipollez
Pro secundo/et huetz appellez
Qui blasmerent saincte eglise romaine
Et soustenoient preschans a haulte alaine

Que sacremēs falloit faire autremēt
Telz gens erreur regit conduit ꝗ maine
Entreprifes font fouuent follement

Sorciers forcieres/deuins deuinnerefſes
Folz enchanteurs/folles enchanterefſes
Macomiftes/iuifz/payens/farrazins
Turcs/tartarins luy firent trop doppreſſes
Paciemmēt enduroit les angoiſſes
Des barbares/ꝗ leurs circunuoifins
Mais quant ueoit de fes yeulx tant benyns
Aucuns creftiens qui follemēt charmoyent
Et que obftinez dedens leurs cueurs eftoient
Sans redoubter les infernaulx dangiers
Elle prioit pour ceulx qui la batoient
Contre fes ditz maintz erreurs fouftenoient
Incredules eftoient plus que eftrangiers

Les deſſufditz tous remplis de fallace
En fe mocquant de foy noftre lumiere
Villainement luy crachoient en la face
Cefte peine portoit cōme legiere
Elle neftoit ne rebelle ne fiere
Mais enduroit telz folz entrepreneurs
Liniurier fans en faire maniere
En endurant font uaincus les hayneurs

Des blafphemateurs ꝗ com
me ilz bleſſent foy

Essus ce poit vid2ēt blasphemateurs
Persecuteurs contre foy debateurs
Recitateurs de diuers iuremens
Vindicatifz de dyables vocateurs
Subtilz mēteurs/q̄ mettoiēt to⁹ leurs cueurs
A faire erreurs par leurs patiuremens
En infectant tettrestes elemēs
Tous documens deglise ⁊ mandemēs
Desp2isoient iurant dieu sainctz ⁊ sainctes
Par blaspheme foy a souffert playes maītes

Tant de nobles ep2traictz de gētillesse
On voit iurer en faulsant leur p2omesse
A malec heure/la coustume ont ap2ise
Car iuremens ne viennēt de noblesse
Par blaspheme on amēd2it p2ouesse
To⁹ blasphemeurs sont p laīs de couat2ise
Ou sont p2eup ⁊ remplis de faintise/
Ne iurez plus/car cest trop grande offence
Dieu sen cource aussi faict saincte eglise
Et iustice a tous en faict deffence

Or voions nous tant de gēs obstinez
A patiurer estre determinez
Contre raison commettre tel destroy
Acoustumance telz gens a subo2nez
Voulans dire quilz sont tous abo2nez
A tenyer ⁊ blasphemer la loy
Les gens darmes ⁊ les sergeans du roy
De tenyer dieu les sainctz ont memoire

Tous ceulx qui sont de si mauuais alloy
Tant plus iurent et moins les doit on croire

Plusieurs larrons murtriers subtilz pillars
Suecteurs de boys/ors infames paillars
Et gens oisifz plains de lasche couraige
Joueurs de dez de cartes de hazars
Pipeurs/trompeurs/inuenteurs de faulx ars
Renoncent dieu et son diuin ouuratge
Voulans dire que ce nest point oultratge
Et quilz dient telz iniures sans vice
Affin de mieulx acoustrer leur langaige
Telz gens on deust corriger par iustice

L'acteur

Es dessusdictz tenoient glaiues aguz
Pour naurer foy tant destoc que de taille
Et sans scauoir pourquoy prenoient argus
En luy liurant trescruelle bataille
Tant quel nauoit teste/corps ne pietaille
Jambez ne bras qui ne fussent percez
Par telz gallans qui tel conseil leur baille
Est mis au ranc des damnez insensez

O gens despitz felons blasphemateurs
Jureurs menteurs en pecche obstinez
De nostre foy estes persecuteurs
Folz dettracteurs de vices protecteurs
Faulx inuenteurs en iurant vous damnez

Trop mespzenez iesuchzist indignez
Et repugnez dzoit veult quon vous punisse
Se ne craignez sa diuine iustice

De voz langues la chair luy trespercez
Trop loffensez helas z el lendure
Voyez son cozps z ses membzes lassez
Rompuz cassez foullez et oppzessez
Songez/pensez a voftre grant laidure
Peine dure seuffre qui dieu patiure
Trop diniure luy faictes en iurant
Hes sans raison vont tousiours murmurât

Le filz crie a son pere vengeance
Comme en trance/le pere luy acozde
Le sainct esperit est de leur alliance
Leur sen'ence veullent en diligence
Pour loffence getter quon sen recozde
La discozde est par misericozde
Qui concozde auec foy retatdee
Par iuremens/la foy est mal gardee

De ceulx qui vont en voia
ges aux festes.

Qy enduroit ces peines et molestes
Paciemment comme doulce z benigne
Mais contre elle gens mal gardâs les festes
Prenoient argu, blasmant sa discipline
Quant ilz deuoient seruir lessence trine

Ilz feſßaſtoiēt a tous ieup diſſoluz
Et delaiſſoiēt ſaincte egliſe en ruyne
Ainſi eſtoiēt tous par pecħe poſluz

En lieu doyr matines ilz eſtoiēt
Dedēs leurs litz ou pɀenoiēt leurs plaiſãces
Atoucħemēs deſßonneſtes faiſoiēt
Car le dyable faiſoit leurs alliances
A leur leuer pēſoiēt a leurs boßances
En ſabilïant diſoiēt goulliars motz
Quãt eſtoiēt pſtz cercħoiēt ieup eſbas dãces
Affin dauoir parmy les mondains loz

Pour les clocħes auoiēt ſons de tabours
Pour leaue Beniſte deuins deſtrange guiſe
Pour pain Beniſt/paſtez/tɑrttes en fours
Et pour autelz patez/la nappe miſe
Pour le coɀps criſt/cħairs deſtrange deuiſe
Pour offɾande baiſoiēt Boittes ɀ taſſes
Sans reðɀe a dieu ny a ſa ſaincte egliſe
Des biēs quilz ont/quelᵭ mercy ne gɀaces

Aucuneſfois ſen alloiēt en Boyage
Ou ſe faiſoiēt cēt mille gētilleſſes
La ſe rompoit ſouuēt maint mariage
Pɀeſtres moynes faulſoiēt Beup ɀ pɀmeſſes
En lieu doyr Beſpɀes/matines/meſſes
On paſſoit tēps en iarðins ɀ ſaulſoye
Ou les aucuns faiſoiēt pluſieurs fineſſes
Et les autres Bſoiēt de belle ſoye

De ceulx qui ne veullet
honozer pere/z mere/z de lar
gu z debatz des parẽs.

As nous voyds enfans courcer le pere
Frete a frete auoit procesz guerre
Filles prẽdze argu contre leur mere
Ditupere larciny/z impropere
Qui supere les humains sur la terre
Pour acquerre biẽ transitoire oy erre
Sans requerre la puissance immoztele
Le dyable tiẽt le pecheur en tutelle

Combiẽ de maulx font venus par enuie
Qui desuie les iustes z les bons
Enuie nest de petit assouuie
Mais tauie par humains qui ont vie
Et conuie ses seruiteurs felons
Promesses dons pẽsions z guetdons
Font preudoms estre repute faulx
Lenuieux est principe de tous maulx

Le pere au filz veult faire eptozcion
Le filz cource le pere en diligẽce
Memoire nest faire cozrection
Parquoy on voit enfans sans reuerẽce
Filles mocquer meres en leur presence
Et les meres souffrir folz regardz faire
Ainsi voyons vertu en decadẽce
Car ce vice est a nostre foy contraire

De veneret leglise on nen tient compte
Pour les humains sont piteuses nouuelles
Les seculiers la saluer ont honte
Ilz sont ingratz orgueilleux z rebelles
De les pilliers en sont foibles z fresles
Il nest pas dit quel ne soit soustenue
Des gouuerneurs fōt tromperies nouuelles
Mais quant de soy iamais el nest polue

Jeunesse veult remonstrer a vieillesse
Asnes blasment vielz clercs prudens lettrez
Jeunes iuges seslieuent en haultesse
Vieulx moynes sont des ieunes chapittrez
Jeunes enfans sont crossez et mittrez
Nouueaulx heraulx veullēt blasonner armes
Ditz danciens ne sont enregistrez
Pour faire assaulx z commencer alarmes

Des vieulx docteurs on laisse la praticque
On se raille de vieulx musiciens
On desprise toute vieille phisique
On dechasse vieulx geometriens
On appete ieunes gramariens
Vieulx conseilliers on ne veult escouter
On voit en bruit ieunes praticiens
Cest follie vieillesse debouter

On voit regner meurtriers tueurs de gens
Qui meurtrissent tant les corps q les ames
Plusieurs iuges ne sont point diligens

De les punir dont viennent grans diffames
On faict larcins par liures ⁊ par dragmes
Loyaulte est au moulin comme on dit
Pour le iourdhuy ya entre homme ⁊ femmes
Noyses debatz argu ⁊ contredit

Luxure on voit parmy les rues courir
Les folz regards sont cause de ce vice
Luxurieux faict le chaste mourir
A celle fin que son vueil sacomplisse
Le riche abit faict souuent le premisse
Puis force vient qui veult rompre la loy
Est donc requis que ma dame iustice
Sur ce cas cy vienne soustenir foy

Les faulx tesmoings sont en villes ⁊ cours
Ilz afferment contre la verite
Leur faulsete pour le iourdhuy a cours
Dont maint iuge est souuent irrite
Et peult iuger contre droit equite
Sans quil saiche quen ce commette vice
Telz faulx tesmoings remplis diniquite
Sont a punir / ilz abusent iustice

Le voisin veult desirer sa voisine
Charnellemēt dou viennēt plusieurs maulx
Maint mesnaige en est mis en ruine
Et sen esmeust noises debatz assaulx
Hommes ⁊ femmes sont souuent desloyaulx
Lun a lautre la foy rompent ⁊ brisent

Telz gens sont ditz aueuglez bestiaulx
Mal leur prendra se de bief ne saduisent

Les biens dautruy chascun veult assembler
Parmy les siens sans auoir suffisance
On prend plaisir a piller z embler
Par rapine z folle desirance
Les cueurs mondains ont peu de temperãce
Il nest amys au iourdhuy que de table
Car plusieurs nont autre dieu que leur pance
On ne prent plus pitie de son semblable

Les dessusdictz tellement foy blesserent
Quel eust quasi la parolle faillie
Ainsi mate z naurée la laisserent
La face auoit mesgre seiche z pallie
Iustice vint corriger leur follie
Les menassant de leur crudelité
Comme saige foy guerit z deslie
Acompaignee de dame charité

  Comme iustice reprend ceulx
  qui vont contte la foy

Ar menasses telz gens voulut reprendie
Mal luy faisoit veoir foy ainsi lassee:
Disant quauoiẽt trop voulu entreprendie
Quant ilz lauoient naurée blessee froissee
Elle mesmes sen tenoit offensee
Parquoy disoit telz motz ou les semblables

Qui sabressoient a gens irraisonnables

O gens ingratz persecuteurs de foy
Plains de desroy rudement offensez
Le doulx iesus vostre dieu vostre roy
Voyez dequoy sa foy auez sa loy
Et appercoy qua le greuer pensez
Folz insensez de voz langues lancez
Voz aggensez cuidant foy abollir
Le bon renom a peine on peust tollir

La supplicacion faicte par cha-
re au trescrestien roy

Trescrestien preux noble roy de france
En souffrance ne laissez foy ainsi
De dessus tous en vous a sa fiance
Congnoissance auez delle et puissance
Sans distance lostez hors de soucy
Qui est ainsi quautrefois dieu mercy
Sans qua ne si voz bons predecesseurs
En ont este principaulx possesseurs

Or tenez vous de leurs condicions
Deceptions a foy ne souffrez faire
Est donc requis que machinacions
Par fictions faintes deuocions
Soubz pactions permettez de deffaire
Et distraire toute chose contraire
Pour attraire a la foy voz subgectz
Com faulconier tient les faulcons soubz getz

¶Lacteur

Vſtice donc voulut par le moyen
Du noble pieux le roy treſcreſtien
Treſilluſtre plain de benignite
Releuer foy fondee en charite
Et ſur ce point mon eſprit ſeſueilla
Qui du depuis pluſieurs fois trauailla
A rediger la viſion predicte
Selon ſon ſens cy par eſcript reduicte

¶ Comme lacteur de ce présent
liure se présente a noble et puissant seigneur sire Pierre de ferieres cheualier seigneur et baron dudict lieu de ferieres et de
thuri/et seigneur de dangu

¶ Lacteur

Quant mon esprit fut lasse de penser
A qui deuoie ce traicte adresser
Luy fut aduis que le deuoie bailler
A vng tresnoble et prudent cheualier
Parquoy trouuay les facons et manieres
Vers le sire Pierre de ferieres
Puissant baron de thuri sans argu
Et regentant la seigneurie dangu
Me retirer luy presentant ce liure

Se on demande pourquoy cest que luy siure
Respondre puis/que mes predecesseurs
De sa maison ont este seruiteurs
Lesquelz ie vueil ensuiure se ie puis
Car son subgect et son seruiteur suis
Non suffisant de seruir sa noblesse
Et touteffois mon liure a luy adresse
Luy suppliant le prendre en pacience
Et excuser ma simple negligence
Son homme suis qui de tout mon pouoir
Le vueil seruir et faire mon deuoir

¶Le surnom de lacteur sera trou
ue par les premieres lettres de ce
couplet

Grans ⁊ petis le liure en gre prenez
Rongez les motz a voftre entendement
Ioyeusement les faultes reprenez
Notez que iay compose simplement
Graces en rens a dieu deuotement
Ou iay recours en composant toute oeuure
Remcmorant que sans luy nullement
Entendement choses offusques neuure

Il est dit par lordonnance de iustice que la
cteur de cedict liure nomme Pierre gringore a
priuileige de le vendre ⁊ diftribuer du iourdui
iusques a vng an / sans ce que autre le puisse
faire imprimer ne vedre fors ceulx a qui il en
baillera ⁊ diftribuera/ ⁊ ce sur peine de confisca
cion des liures ⁊ damende arbitraire . Impri
me a paris par maistre Pierre le Dru impri
meur pour iceluy Gringore le.xxiiii.iour de
decembre.Lan mil cinq cens et cinq